Kiepenheuer
& Witsch

W0224760

Aus dem Norwegischen von
Hinrich Schmidt-Henkel

Roman

Diese Übersetzung erscheint mit freundlicher Unterstützung von NORLA, Oslo,
wofür sich der Verlag herzlich bedankt. Tusen takk, NORLA.

FSC
www.fsc.org
MIX
Papier aus verantwortungsvollen Quellen
FSC® C083411

1. Auflage 2013

Titel der englischen Originalausgabe: *Fvonk*
Copyright © Cappelen Damm AS 2011
Aus dem Norwegischen von Hinrich Schmidt-Henkel
© 2013, Verlag Kiepenheuer & Witsch, Köln
Alle Rechte vorbehalten. Kein Teil des Werkes darf in irgendeiner Form (durch Fotografie, Mikrofilm oder ein anderes Verfahren) ohne schriftliche Genehmigung des Verlages reproduziert oder unter Verwendung elektronischer Systeme verarbeitet, vervielfältigt oder verbreitet werden.
Umschlaggestaltung: Barbara Thoben, Köln
Umschlagmotiv: © ghoststone – Fotolia.com; Aleksandar Velasevic – iStockphoto; Tatyana Gladskih – Fotolia.com
Karte im Innenteil: © Cappelen Damm AS
Gesetzt aus der Minion Pro
Satz: Wilhelm Vornehm, München
Druck und Bindearbeiten: CPI – Clausen & Bosse, Leck
ISBN 978-3-462-04499-7

Das Buch

Fvonk staunt nicht schlecht. Seine Einliegerwohnung in einer besseren Gegend Oslos wurde vom norwegischen Staat zwangsgemietet, und sein neuer Untermieter, der eines Abends um eine Tasse Tee bittet, ist kein Geringerer als Premierminister Jens Stoltenberg. Der hat nämlich keine Lust mehr zu regieren. Burn-out. Kein Wunder, schließlich hat er einen anstrengenden Job, und die jüngsten Ereignisse haben ihre Spuren hinterlassen. Fvonk und Jens freunden sich an und tun Dinge, die alle Norweger tun: Butterfahrten nach Schweden, Wanderungen durch die Landschaft und Skilanglauf. Als Jens merkt, wie schön das Leben sein kann, vor allem, wenn man einen Freund wie Fvonk hat, will er nicht zurück auf die Regierungsbank …

Ein Buch, so überraschend wie eine Männerfreundschaft!

Der Autor

Erlend Loe, geboren 1969 in Trondheim, Studium der Literaturwissenschaften in Oslo, später an der Dänischen Filmschule in Kopenhagen und an der Kunstakademie in Trondheim. Lebt als Schriftsteller, Drehbuchautor und Übersetzer in Oslo.

Der Übersetzer

Hinrich Schmidt-Henkel, geboren 1959, lebt in Berlin, übersetzt Prosa und Theaterstücke aus dem Französischen, Norwegischen und Italienischen, u. a. von Jean Echenoz, Tanguy Viel, Jon Fosse, Louis-Ferdinand Céline und Massimo Carlotto.

KiWi
PAPERBACK
1315

»Ich will's nicht wissen, aber ich will es wissen.
Also sag es und sag es nicht. Hey!«

CARPE DIEM

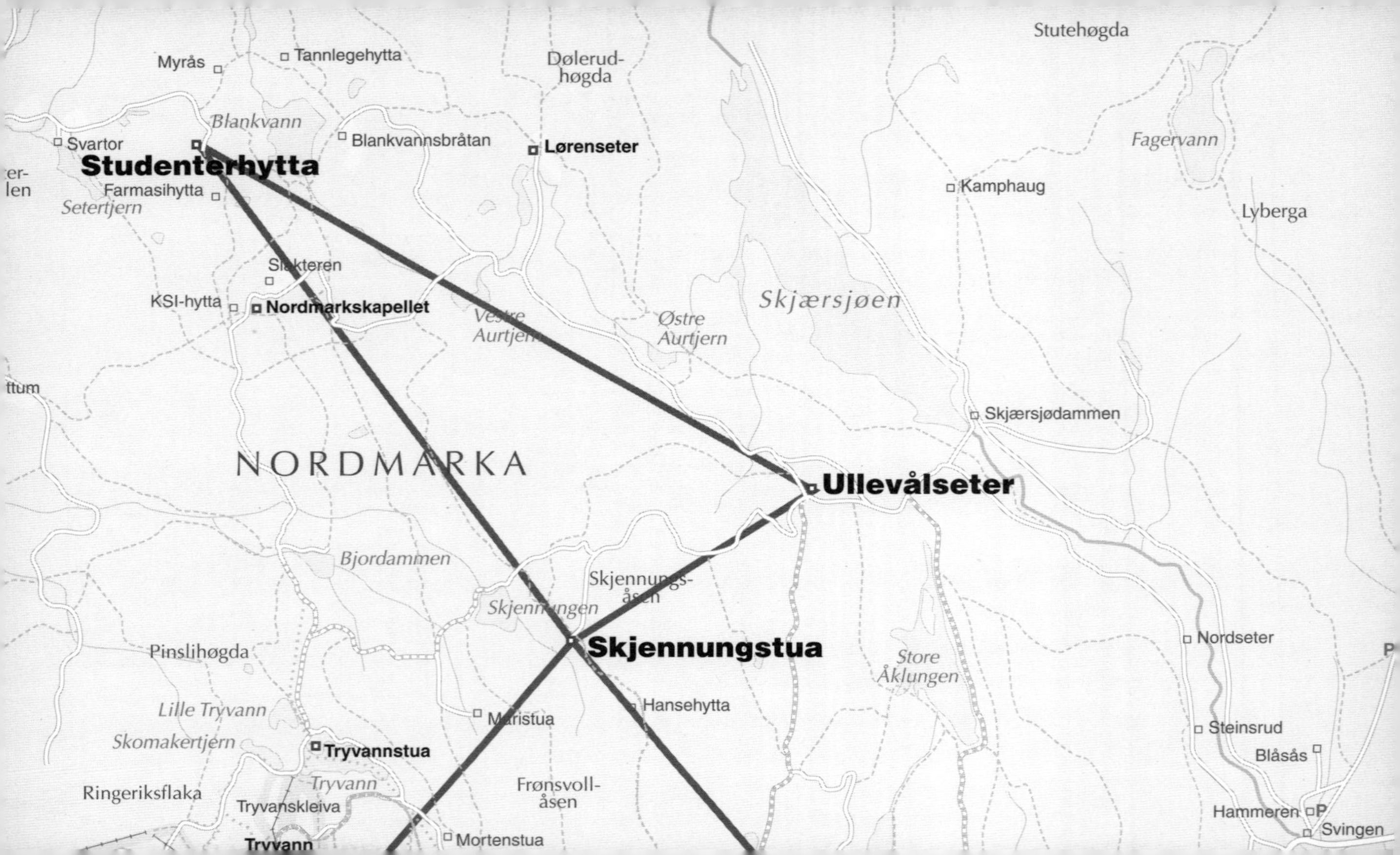

Stutehøgda
Myrås
Tannlegehytta
Dølerud-
høgda
Blankvann
Svartor
Studenterhytta
Blankvannsbråtan
Lørenseter
Fagervann
Kamphaug
Lyberga
Farmasihytta
Setertjern
Slakteren
KSI-hytta
Nordmarkskapellet
Vestre
Aurtjern
Østre
Aurtjern
Skjærsjøen
Skjærsjødammen
NORDMARKA
Ullevålseter
Bjordammen
Skjennungs-
åsen
Skjennungen
Skjennungstua
Pinslihøgda
Nordseter
Store
Åklungen
Hansehytta
Lille Tryvann
Maristua
Steinsrud
Skomakertjern
Tryvannstua
Blåsås
Tryvann
Ringeriksflaka
Frønsvoll-
åsen
Tryvanskleiva
Hammeren
Svingen
Mortenstua

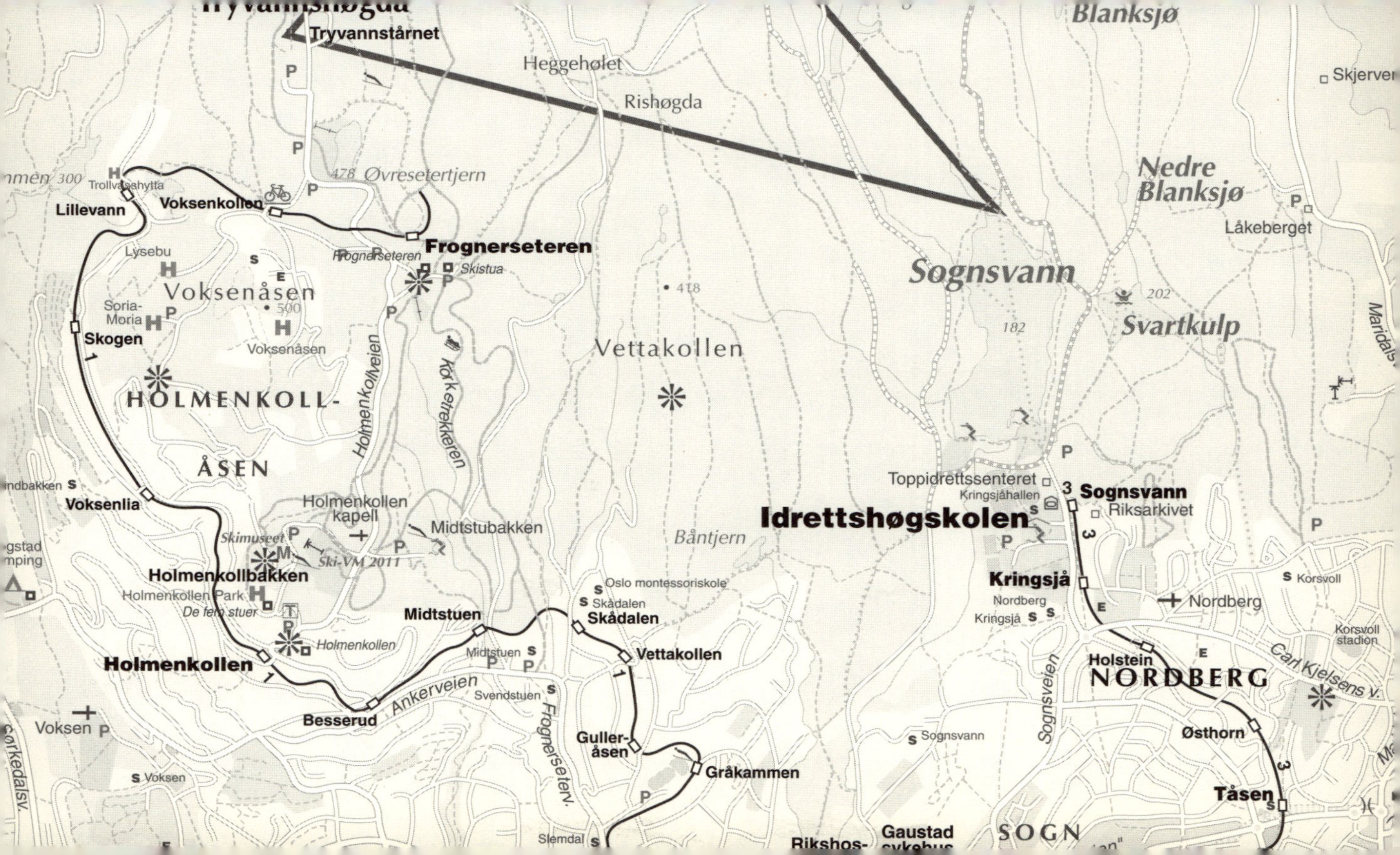

Tryvannstårnet
Heggehølet
Rishøgda
Blanksjø
Skjerven
Nedre Blanksjø
Låkeberget
Sognsvann
202
Svartkulp
182
478 Øvresetertjern
300
Trollvasshytta
Lillevann
Voksenkollen
Frognerseteren
Skistua
Lysebu
Voksenåsen
500
Soria-Moria
Skogen
Voksenåsen
418
Vettakollen
HOLMENKOLL-
ÅSEN
Holmenkollveien
Korketrekkeren
Toppidrettssenteret
Kringsjåhallen
Sognsvann
Riksarkivet
Idrettshøgskolen
Voksenlia
Holmenkollen kapell
Midtstubakken
Skimuseet
Ski-VM 2011
Båntjern
Holmenkollbakken
Holmenkollen Park
De fem stuer
Holmenkollen
Oslo montessoriskole
Skådalen
Skådalen
Midtstuen
Midtstuen
Vettakollen
Kringsjå
Nordberg
Kringsjå
Korsvoll
Nordberg
Korsvoll stadion
Holmenkollen
Ankerveien
Svendstuen
Besserud
Frognerseterv.
Holstein
NORDBERG
Carl Kjelsens v.
Sognsveien
Voksen
Voksen
Guller-åsen
Gråkammen
Sognsvann
Østhorn
Tåsen
Slemdal
Gaustad
SOGN

1) Eines Sonntags im Januar, an dem nichts passieren wird – damit hat sich Dozent Fvonk schon vor ein paar Stunden abgefunden, seine Tochter zum Beispiel wird doch nicht zum Abendessen kommen, sagte sie am Telefon, sie müsse lernen, für eine Prüfung, hieß es –, wird doch etwas passieren.

2) Es ist fast ein Uhr, so hat Fvonk es im Gespür, er müht sich mit dem Spalier ab, das sich oben auf der einen Seite gelöst hat. Die Kletterpflanzen sind schuld, Schnee hat sich auf ihren Blättern und Stielen gesammelt. Mehrere Kilo Schnee, so nimmt Fvonk an, drücken die dünnen Holzsprossen herunter. Sie werden gebogen, verdreht, halten dem Druck kaum mehr stand, dieses Spalier ist ihm ohnehin schon lange ein Klotz am Bein, es war natürlich nicht seine Idee, es anzubringen, er war eher ein Gegner des ganzen Projektes, baute es aber dennoch in ein paar Tagen, pflichtschuldigst vor einigen Jahren, als die Dinge noch mehr oder weniger glattliefen, in einer eher milden Jahreszeit, möglicherweise im Frühling.

3) Fvonk hat ein Loch in die Mauer gebohrt, fünf Zentimeter tief, drei Millimeter im Durchmesser, und führt jetzt eine zu

diesem Zweck erworbene Plastikhülse ein, einen sogenannten Schraubdübel, wie er auf der Schachtel lesen kann. Er muss diesen Schraubdübel etwas drehen, gegen den Uhrzeigersinn, ganz automatisch, will nur, dass das Dings so sitzt, wie es sitzen muss, damit er das Spalier ein für alle Mal festschrauben kann, doch dreht er den Dübel mit einer bangen Vorahnung ein. Er fürchtet, sich selbst zu betrügen, denn er hat ja die mittlerweile lose Ecke damals auf eben dieselbe Weise festgeschraubt, als er das Spalier seinerzeit baute, vielleicht ist die Mauer nicht stabil genug, befürchtet Fvonk, die Qualität der Mauer, auf die man nicht genügend geachtet hat, als das Haus um die Mitte der 1930er-Jahre gebaut wurde, vielleicht lag es am Materialmangel, man mixte halt zusammen, was man zur Hand hatte, vermutet Fvonk, was auch immer das war, sicher Sand, denkt er, zweifellos Sand und zweifellos auch Wasser und andere Substanzen, denen man Bindekraft zuschrieb, aber was wusste man damals schon, und jetzt hat der Zahn der Zeit 75 Jahre lang sein Werk getan, Frost und Feuchtigkeit, die beiden dunklen Begleiter des Hauseigentümers, haben ihr Werk getan, und bei Hausbesichtigungen wird so etwas bemerkt, oh, sie bekommen es mit, diese Schwangeren bekommen einfach alles mit und auch ihre manipulierten Ehemänner, die sich schon längst der Ansicht angeschlossen haben, dass etwas mehr Platz nichts schaden könnte, ja, die das sogar schon für ihre eigene Idee halten, und ein Haus mit Aussicht, vielleicht sogar mit Aussicht, aber ohne dass die ältere Schwester des Ungeborenen den Schulbezirk wechseln müsste.

4) Es geht nicht nur darum, ein neues Loch zu bohren und das Spalier zu befestigen, zugleich muss das alte Loch zugespachtelt und mit exakt dem Farbton der Mauer überpinselt

werden, damit es dem schwangeren Auge unmöglich ist zu erkennen, dass dieser kleine Bereich jüngst übermalt wurde, denn wenn die Frage erst einmal aufkommt, ist der Zug abgefahren, dann kann er die Information nicht mehr zurückhalten, etwas zu verschweigen ist eine Sache, eine Information aktiv zurückzuhalten, schon eine ganz andere, das sind schließlich Anwälte, die Ehemänner der Schwangeren sind Anwälte, und Fvonk wäre ihnen gegenüber chancenlos ab dem Moment, ab dem sie die Sache aufs Korn nähmen: Wie lässt es sich in dieser Mauer eigentlich bohren? Ist sie vielleicht ein wenig porös wie so manche Mauern aus den 1930er-Jahren in dieser Gegend? Man darf den Anwälten keinen Anlass geben, die Sache aufs Korn zu nehmen, denn dann sinkt der Preis in Zehntausenderschritten, wenn nicht gar Hunderttausenderschritten, falls man an die schlimmsten Querulanten gerät. Allerdings hat Fvonk keine Verkaufsabsichten, er lebt hier und will weiter hier leben, aber Lebensumstände verändern sich, das hat er selbst schon erlebt, viel braucht es dafür nicht, denkt er, eine kleine Veränderung, wirtschaftlich, gesundheitlich, eine bleibende neue Laune, ein geänderter Zivilstand, Verwicklung in Unkultur, ein Gerichtsverfahren, es kann so vieles sein und es kann so schnell gehen, bisweilen verdammt schnell.

5) Ich muss mir selbst treu bleiben, denkt Fvonk, so, wie er es seit Jahren mehr oder weniger kontinuierlich denkt, ich muss mich von Unkultur fernhalten, nie wieder Unkultur, denkt er, nie wieder, und obgleich die Initiative zur Unkultur im Geher- und Fitnessverband selbstverständlich nicht von Fvonk ausgegangen war, wurde er vom Sog mit erfasst, wie alle anderen. Von außen sieht das gar nicht gut aus, das kann er verstehen, für einen nicht eingeweihten und nur

durchschnittlich sympathisch eingestellten Blick sieht das gar nicht gut aus. Einige Jahre lang hatte Fvonk eine hohe Stellung in einer Institution, in der Unkultur getrieben wurde, er muss doch von dem Gemauschel gewusst haben, denken die Leute, dem Mitgliedergemauschel, muss er doch, na komm schon, na ja, was heißt schon gewusst, er wird im Laufe der Jahre schon die eine oder andere Bemerkung mitgehört haben, beim Mittagessen vor allem, über Stullenpaketen mit selbst gebackenem Brot und Blaubeermarmelade oder verschiedenem Fischbelag, und von Zeit zu Zeit ausweichende Blicke seiner Kollegen gesehen haben, aber solche Blicke gibt es an jedem Arbeitsplatz. Die Leute haben mit allerlei Dingen zu kämpfen, Krankheit, Erbauseinandersetzungen, Scheidungen, mit allem Möglichen, woher sollte er wissen, was es hier war? Er war ein Enthusiast, das war er, unter anderen Enthusiasten, so dachte er, für Gelddinge hatte er sich nie interessiert, es ging ihm nur darum, die Verbreitung des Sports zu fördern, die Leute zum Gehen zu bringen, Herrgottnochmal, Gehen, das Schönste von allem, Wanderungen, Wettkampfgehen, egal was, aber Hauptsache Gehen, dass es einen derartigen Kuddelmuddel geben würde, das hätte er nie gedacht, wirklich nie, heutzutage gibt es ja in den idealistischsten Organisationen kleine Betrügereien, aber auf einmal ergriff der Präsident des Sportbundes das Wort, Drohungen, Schuldzuweisungen, sie sollten unter Aufsicht gestellt werden, wie Kinder, und am Ende wurde der Verband aufgelöst. Es tut immer noch weh. Und das verflixte Spalier muss befestigt, das alte Loch übermalt werden, bevor die Schwangeren kommen.

6) Während Fvonk diesen und anderen Gedanken nachhängt, rollt ein in Deutschland hergestellter, sauberer,

schwarz lackierter Wagen mit getönten Scheiben die Einfahrt hoch und bleibt dort mit laufendem Motor stehen. Er sieht offiziell aus, und Fvonk reagiert instinktiv ablehnend, er will nichts mit den Behörden zu tun haben, oder mit der Obrigkeit, mit der schon gar nicht. Nach ein paar Sekunden steigt eine Frau aus, sie ist in den frühen Fünfzigern. Sie hat auf der Rückbank gesessen, und die Tür gibt einen halblauten, rhythmischen Warnton von sich, bim, bim, bim, damit auch ja niemand Zweifel hat, dass sie offen steht. Die Frau schließt die Tür und blickt sich um, als wollte sie prüfen, dass niemand außer Fvonk sie sehen kann, nur sie beide sind hier auf der Bühne, die Frau und Fvonk, freilich gibt es Nachbarn, aber die können sie nicht sehen. Die Einfahrt kann weder von der Straße noch aus den umliegenden Häusern eingesehen werden, jemand hat sie so gebaut, jemand hatte vielleicht etwas zu verbergen, wer weiß, nach so vielen Jahren wird sich das nicht mehr ermitteln lassen, man muss hinnehmen, dass diese Information verloren gegangen ist, man muss das als eines der vielen Geheimnisse des Lebens akzeptieren.

7) Die Frau kommt auf Fvonk zu, mit gemessenen, sicheren Bewegungen, wie Machtmenschen sie bisweilen an sich haben, oder Tänzer, aber das ist keine Tänzerin, denkt Fvonk, sie trägt einen Hosenanzug und einen schmalen Schal, eine Brille, hochgestecktes Haar, nein, keine Tänzerin, sie nickt ihm zu, und Fvonk findet, sie ist dünn gekleidet, die friert, denkt Fvonk, arme Frau. Während sie auf ihn zukommt, hat er noch Zeit zu denken, das wird ein neues Kapitel in der demütigenden Geschichte seiner Rolle im Geher- und Fitnessverband, das Wissen von dem Gemauschel ist jetzt bis in Ministeriumssphären gedrungen, und

diese stahlgrauen, sozialdemokratischen Augen wollen ihn noch weiter kaltstellen, er soll ganz an den Rand gedrängt werden. Die Frau stellt sich mit einem Namen vor, den er in seiner Nervosität nicht mitbekommt.

Es geht um möblierte Zimmer, sagt die Frau.

Möblierte Zimmer, sagt Fvonk, perplex, möblierte Zimmer, also keine Demütigungen, jedenfalls nicht zwangsläufig, oder fängt sie einfach nur an einem anderen Ende an, wie ein ausgefuchster Folterknecht, er muss die Schachtel mit den Schraubdübeln in den Schnee legen, damit seine zitternde Hand nicht verrät, wie schnell sein Puls geht.

Möblierte Zimmer, wiederholt Fvonk und begreift, dass er sich mit dieser dämlichen Wiederholung bereits jetzt verdächtig macht. Ich habe zwar möblierte Zimmer, in der Tat, sagt er, aber sie sind zurzeit nicht frei, und ich habe auch keine Annonce aufgegeben.

Das ist uns klar, sagt die Frau.

Aha.

Wir benötigen ein möbliertes Zimmer für einen unserer Angestellten und ein anderes für zwei seiner, hm, lassen Sie es mich Freunde nennen.

Ich verstehe, aber es ist nichts frei.

Vielleicht kann ja etwas frei werden?

Wie meinen Sie das?

Ich vertrete wie gesagt den Staat, und der Staat kann zahlen. Ist Ihnen klar, über wie viel Geld er verfügt?

Fvonk sieht sie an, den Hosenanzug, was ist das, denkt er, was kann das sein, bloß keine Unkultur, bitte, dass es bloß keine Unkultur ist.

8) Sie sitzen in Fvonks Wohnzimmer. Er hat der Frau Tee und einen Lebkuchen serviert, der Lebkuchen hat seit Weih-

nachten im Schrank gelegen, sie hat einen Bissen davon genommen, und Fvonk hat Musik angemacht, leise Klaviermusik, vielleicht ein etwas merkwürdiger Impuls, aber jetzt ist es so, und die Frau sitzt auf der Stuhlkante, die Beine etwas schräg nebeneinandergestellt, prinzessinnengleich. Sie hat vorgeschlagen, Fvonk solle den jetzigen Mietern einen überraschend hohen Geldbetrag bieten, damit sie ausziehen, sie hat auch gesagt, die Zimmer müssten renoviert werden, selbstverständlich in enger Abstimmung mit Fvonk, und sämtliche Unkosten würden übernommen, außerdem sollen die Zimmer nur am Weekend benutzt werden, dieses Wort verwendet sie, und zugleich sollen die Mieter Zugang zur Garage erhalten, ebenfalls nur am Weekend, und es müsse ein Direktzugang von der Garage zu den Zimmern geschaffen werden.

Gibt es einen solchen Zugang vielleicht bereits, es ging aus den Plänen nicht hervor, die beim Bauamt erhältlich waren, nein? Nein, dann richten wir ihn ein, das kostet ja nicht die Welt, ein Loch in der Wand und eine Tür, nicht wahr, die Frau lacht, so einfach ist das. Die Miete, die sie anbietet, ist irrsinnig hoch.

Ja, ja, das wäre ja auch noch schöner, sagt die Frau, hier kommen wir an und drängen uns auf, bereiten Ihnen Unannehmlichkeiten, und um die Wahrheit zu sagen, wir rechnen mit Ihrer vollen Diskretion, wir bezahlen für Ihre Zurückhaltung und sind abhängig von Ihrem Verständnis und Ihrer Kooperation, und abgesehen davon hätten wir das gern als rein mündlichen Vertrag, wir mieten die Zimmer, solange wir sie benötigen, und wenn das nicht mehr der Fall ist, erhalten Sie eine Jahresmiete, bar auf die Hand, wenn Sie das wünschen, oder auch per Banküberweisung wie üblich, das entscheiden Sie selbst, und ich denke doch, Sie kennen den Steuersatz für das Vermieten von möblierten Zimmern in einer selbst bewohnten Wohnung, solange der Mietwert der selbst bewohnten Wohnungsanteile höher ist als derjenige der vermieteten?

Fvonk erstarrt, ist das ein Test, denkt er, haben die Gesetze sich geändert, während der Geher- und Fitnessverband abgewickelt wurde, hat es Änderungen im Regelwerk gegeben während seiner schweren Zeit? Was soll er antworten, er weiß nicht, was er antworten soll.

Ich dachte, das ist dann steuerfrei, sagt er irgendwann klopfenden Herzens.

Die Frau ist ein einziges großes Lächeln.

Korrekt, sagt sie fröhlich. Null Steuern. Das bedeutet Geld in der Tasche, Sie können sich alles kaufen, im Grunde alles, was Sie wollen, außer Sex, das ist ja jetzt bei uns verboten, wieder lacht sie, aber es gibt ja so viel anderes.

Sie hält ihm die Hand hin, um den Vertrag zu besiegeln.

Fvonk schlägt ein.

Ich freue mich, dass das geregelt wäre, sagt sie, als sie im Eingang die Schuhe wieder anzieht, wir hatten dieses Haus schon länger im Visier, falls es so weit kommen sollte, es hat ein paar Vorzeichen gegeben, das hat es, er ist zurzeit nicht ganz er selbst.

Wer?

Der, der hier wohnen soll.

Fvonk wartet, ob sie noch etwas über den sagt, der nicht ganz er selbst ist, aber es kommt nichts.

Schöne Lage, sagt sie stattdessen, man überblickt ja die ganze Stadt.

Ja, sagt Fvonk.

Und Ihre Mieter überblicken auch die ganze Stadt.

Ja, sagt Fvonk wieder.

Und den Fjord, sagt die Frau, nicht zu vergessen den Fjord.

Ja, und den Fjord.

9) Ein Durcheinander von Gefühlen tobt in Fvonk, als die Frau die Tür aufmacht, um zu gehen, er hat schon lange keine Frau seines Alters mehr im Haus gehabt, sie mag zwar eine etwas unheimliche Frau sein, aber eine Frau ist sie eben doch, auch wurde sie etwas weicher, als sie die Schuhe auszog, sie hat einen anmutigen Gang, das hat Fvonk gleich bemerkt, kommentiert hat er es nicht, aber er kann sie sich ohne Weiteres bei einem Volkslauf vorstellen oder sogar bei einer weniger förmlichen, ja sogar privaten Wanderung, zum Beispiel über die Besseggen oder von Hütte zu Hütte, von Gjendebu nach Memurubu, er sieht, dass sie kräftige Beine hat, die vielleicht nach der Wanderung eine Massage brauchen könnten, nein, halt, er beherrscht sich, das ist unmöglich, närrisch, lächerlich sogar, er wird wütend auf sich selbst, dass er so etwas überhaupt denkt, und mit dem Spalier ist er auch noch nicht fertig, o weh, nein, das ist doch Unfug. Trotzdem berührt er ihre Hand, bevor sie geht. Sie will gerade ihr Handy aus der Tasche des Hosenanzuges nehmen, hält bei der unerwarteten Berührung aber inne und schaut ihn an, als wolle sie ihren Sinnen nicht trauen.

Entschuldigung, sagt sie, haben Sie gerade meine Hand berührt?

Fvonk antwortet nicht.

Wollen Sie etwas von mir?, fragt sie.

Ich mache mir ein wenig Sorgen, ob Sie auch nicht frieren, sagt Fvonk, tragen Sie zuunterst Wolle? Es gibt heutzutage sehr dünne, angenehme Wollstoffe, aber das wissen Sie ja sicher.

Haben Sie mich deshalb berührt? Um über Wolle zu reden?

Fvonk schüttelt den Kopf.

Ich weiß nicht, sagt er, ich weiß nicht, warum ich das getan habe.

Soll ich vielleicht nicht gehen?

Vielleicht.

Brauchen Sie einen Freund, fragt sie, oder Nähe, brauchen Sie Nähe?

Vielleicht, ja, sagt Fvonk. Ein Freund wäre schön. Nähe auch.

Es ist nichts Falsches daran, sich Nähe zu wünschen, sagt die Frau, Nähe ist etwas Schönes, ich nehme sie selbst bisweilen in Anspruch, aber jetzt muss ich gehen, vielleicht ein andermal.

Wer soll hier wohnen, fragt Fvonk, ich finde es seltsam, nicht zu wissen, wer hier wohnen soll.

Das kann ich Ihnen nicht sagen, sagt die Frau, aber es ist eine vertrauenswürdige Person, ich würde sogar so weit gehen zu sagen, dass ich ihm, ohne zu zögern oder zu übertreiben, den allerbesten Leumund ausstellen würde. Das Problem ist nur, er ist erschöpft, er braucht ein wenig Ruhe und Schlaf, ja, ich glaube, vor allem Schlaf.

Was ist das, denkt Fvonk, er wittert Unkultur. Am Ende eine Art offener Vollzug für erschöpfte Kriminelle? Soll etwa ein ausgebrannter Meisterdieb in seinen möblierten Zimmern wohnen?

Ich meine, unterliegt er irgendwelchen Einschränkungen?

Einschränkungen, wie man's nimmt, sagt die Frau, das kommt darauf an, was man darunter versteht.

Was ist mit Unkultur, ist er in Unkultur verwickelt?

Unkultur?

Ich wünsche, nicht mit Unkultur verbunden zu werden, sagt Fvonk, darum frage ich, Unkultur hat mich Jahre meines Lebens gekostet.

Die Frau blickt ihn lange an. Fvonks Gesicht wirkt müder als sein starker, sehniger Körper, in dem viele Hundert Wanderkilometer stecken, es hängt etwas durch, die Augen sind gerötet, erschöpft. Vielleicht fällt ihr das auf. Jedenfalls nimmt sie Fvonks Hand und hält sie in beiden Händen.

Lieber Freund, sagt sie, diese Person, sagt sie, Ihr zukünftiger Weekend-Mieter, gehört zu einer Personengruppe, die viel zu verlieren hätte, würde sie denn mit Unkultur in Verbindung gebracht. Es ist ihm unvorstellbar, an etwas mitzuwirken, das auch nur im Entferntesten daran erinnert.

Ist das wahr, bricht es froh aus Fvonk hervor.

Es ist wahr, sagt die Frau.

Ist das wirklich wahr, fragt Fvonk abermals.

Seine Unterlippe zittert ein wenig.

Sie nickt.

Sie hören von uns.

Sie geht hinaus und die Treppe hinunter, zu dem wartenden Wagen, während sie mithilfe einer Kurzwahltaste eine Nummer wählt, und als sie sich ins Auto setzt, ist sie bereits am Telefonieren.

10) Fvonk sitzt im Lehnstuhl vor dem großen Fenster, er steht auf und holt sich einen Lebkuchen, setzt sich wieder hin und isst ihn, immer noch erfrischt von dem unerwarteten Besuch, steht wieder auf, holt sich noch einen Lebkuchen, isst auch den. Ihm fällt ein, wie Agnes immer darauf hinweisen musste, dass zu viel Zimt schädlich sein kann, es war ein regelrechter Zwangsgedanke von ihr, einer von mehreren, sie galten nicht nur Lebkuchen, sondern einer Vielzahl von Lebensmitteln. Die letzten sieben, acht Jahre vor ihrem Auszug konnte Agnes nicht an sich halten, wenn jemand in ihrem Beisein Lebkuchen aß, in Zimt ist Cumarin, sagte sie, und Cumarin schädigt die Leber, hast du das nicht gewusst, nein, da siehst du mal, aber vielleicht befindest du dich noch innerhalb dessen, was man als normalen Zimtkonsum bezeichnen kann, und dann ist es vielleicht nicht so schlimm, ich bin lieber vorsichtig und esse überhaupt keine Lebkuchen mehr, aber jeder muss seine eigenen Grenzen setzen.

Fvonk nimmt noch einen Lebkuchen und saugt das Cumarin sorgfältig heraus, während er im Wohnzimmer Kreise zieht, und er weiß, wenn er auf diese Weise im Wohnzimmer Kreise zieht, dann bedeutet das, dass er bald hinausmuss, es sind die Beine, sie wollen gehen, der Körper schüttet irgendeinen Stoff aus, der ihn hinaustreibt, so hat sich das entwickelt, er sollte sich einen Hund zulegen, dann wäre es legitim, viel zu gehen, dann geht man nur mit, man kann den Leuten, denen man begegnet, resigniert zulächeln und sagen, der Hund musste raus, ohne Hund wirkt man etwas merkwürdig, finden die Leute in der Nachbarschaft, denkt Fvonk, aber es hat wohl auch mit dem Tempo zu tun, denn Fvonk geht nicht spazieren und flaniert auch nicht, er schreitet kräftig aus, sogar seine Arme sind aktiv beteiligt, und für viele Leute ist bei den Armen eine Grenze erreicht, denkt Fvonk, wahrscheinlich sollen sie hinabhängen oder die Hände sollen in der Tasche stecken, eventuell sollen die Arme hinter dem Rücken verschränkt sein oder zur Not ein wenig baumeln, aber wenn sie aktiv beteiligt sind, werden sie zur Bedrohung, und wenn jemand einen Hund haben sollte, dann Fvonk, so viel, wie er draußen herumläuft, er könnte sicher auch mit ihm reden, er hat gehört, zwischen Hund und Herrchen entstünden bisweilen Mechanismen, die geradezu an Freundschaft erinnern können, aber es kommt trotzdem nicht infrage, er schafft sich keinen Hund an, vergiss es.

11) Es wirkt verstörend, wenn der Mensch, mit dem man zusammenlebt, öfter als nur ausnahmsweise mal über Cumarin redet, dennoch vermisst Fvonk Agnes, irgendwie, oder vielleicht nicht unbedingt sie, jedenfalls nicht zur Gänze, nicht die ganze Agnes, nur Teile, Momente, Situationen, nicht die ganze. Sie hat ihn verraten, das Wort ist nicht zu stark, sie wollte ihn haben, solange er der frohgemute, funktionierende, schnell gehende Fvonk war, aber nicht mehr, als ihn dann die Unkultur traf und er wortkarg und mürrisch wurde, ja schwermütig, nur noch langsam ging,

schlich, es kam vor, dass er die Hügel zum Stadion Ullevål zum Geher- und Fitnessverband hinunterschlich, ja hinunterschlurfte, es gab Tage, an denen wollte er nicht aufstehen, und das mochte Agnes nicht leiden, statt ihm zu helfen, setzte sie ihm zu, hoch mit dir, sagte sie zum Beispiel, reiß dich zusammen, so schlimm wird es schon nicht sein, und mit der Zeit stellte sich auch in ihrer Beziehung eine Unkultur ein, nicht nur auf der Arbeit, was ja mehr als genug gewesen wäre, auch in ihrer Beziehung, dabei ist Unkultur aus einer einzigen Richtung schon mehr als genug, und wenn sie aus zweien kommt, wird es unerträglich, aber die Dinge sind nun einmal, wie sie sind, und brauchen so lange, wie sie brauchen, und als Fvonk so lange gebraucht hatte, wie man aus Agnes' Sicht brauchen sollte, um etwas Schweres zu verwinden, hatte er es immer noch nicht verwunden, und Agnes hatte genug, es war vorbei, sie sagte stopp, wollte nichts mehr von ihm wissen und zog aus, sie hatte im Fernsehen Sendungen darüber gesehen, wie man etwas Traumatisches überwindet, und genau ausgerechnet, dass es ab dem Moment, ab dem man in der Zeitung von Katastrophen, Unfällen und persönlichen Tragödien liest, bis zu demjenigen, wenn am Neujahrsabend oder zu Ostern im Fernsehen die Dokumentarsendungen über den schweren Weg zurück ins Leben kommen, ungefähr zwei Jahre vergehen, höchstenfalls drei.

12) An der S-Bahn-Haltestelle Kringsjå Schule schnallt sich Fvonk die Skier unter, läuft über den Sognsvannbach und bergauf in das Netzwerk von Loipen, das ihm einst unübersichtlich erschienen war, das er jetzt aber besser kennt als sein eigenes Gehirn. Zum Vettakollen hoch zieht er das Tempo eher an, anstatt langsamer zu werden, oben ange-

langt, dreht er sich um, wie immer, dort unten die Stadt, setzt dann seinen Weg über Fuglemyra und Rishøgda fort, läuft dann abseits der Forstwirtschaftsstraße über kleinere Loipen bis zur bewirtschafteten Winteralm Ullevålseter, trinkt drinnen ein Glas Wasser, kauft eine Waffel, es graut ihm ein wenig davor, seine Mieter von den Ereignissen in Kenntnis zu setzen, sie haben sich gut verstanden, es sind angenehme Menschen, beide, dann wieder hinunter, Høgåsen, die drei Seen Øvre Blanksjø, Nedre Blanksjø und Svartkulp und schließlich vorbei am Reichsarchiv.

13) Nach knapp zwei Wochen kommt die Hosenanzugsfrau mit Planzeichnungen, Fvonk nickt, keinerlei Anzeichen von Nähe, nichts als Planzeichnungen, ganz kühl, sieht es gut aus, ja, es sieht gut aus, Arbeiter in Arbeitskleidung kommen und gehen, Bohren, Abreißen, Montage eines automatischen Garagentors samt Aussägen eines Lochs zwischen Garage und Keller, infernalischer Lärm, Fvonk muss raus, bergauf, bergauf, Wasser, Waffel, Kopf, Fvonks Kopf, der in allen wachen Stunden die Wechselfälle des Lebens bearbeitet, dann wieder nach Hause, Schreinern, Malen, Fliesenlegen, Kabellegen, Keramik, Möbel.

14) Am ersten Weekend geschieht nichts. Fvonk hört Bachs Wohltemperiertes Klavier an, gespielt von Keith Jarrett, danach von Vladimir Ashkenazy, dann wieder Jarrett, er vergleicht Unterschiede und Ähnlichkeiten in Anschlag und Tempi, während er immer wieder zum Fenster geht und auf die Straße schaut, kein Mieter in Sicht, die Stunden verstreichen, was hat das für einen Zweck, möblierte Zimmer zu mieten und dann nicht zu nutzen? Fvonks Wagen steht sinnlos auf der Straße. Sonntagabend fährt er ihn wieder in

die Garage und denkt an das Geld, das der Staat sozusagen aus dem Fenster wirft, indem er die Zimmer leer stehen lässt, man möchte ja gern glauben, dass der Staat weiß, was er tut, sonst wird es ja ungemütlich.

15) Das nächste Wochenende verläuft ungefähr genauso. Freitagnachmittag Auto raus aus der Garage, Klaviermusik, Aus-dem-Fenster-Schauen, nichts. Auch am Samstag nicht. Am Sonntag kommt Fvonks Tochter zum Abendessen. Sie, Therese, hat schon seit Langem einen Draht zu Tieren, sie hat guten Kontakt zu ihnen, und sie mögen sie, Hunde, denen sie noch nie begegnet ist, reiben sich an ihr, Pferde werden zutraulich, Eichhörnchen laufen nicht so schnell weg wie vor anderen Leuten, findet sie, sie hat einen besonderen Tierverstand, findet sie und sagt es häufig, irgendwie versteht sie, was sie denken und empfinden, aber das würde sie gern systematisieren, mehr darüber lernen, der Sache eine Richtung geben, so hat sie, wie Fvonk sich erinnert, um Weihnachten herum gesagt, aber in Norwegen gibt es offenbar keine Ausbildung zur Tierkommunikatorin, hingegen gibt es eine weitverbreitete Skepsis in diesem Land von Hinterwäldlern, findet Therese, wahrscheinlich muss man nach England, um Universitäten zu finden, die Kurse zum Beispiel in Hundepsychologie anbieten, und jetzt lernt sie Englisch an der Universität von Oslo, um besser für die Sprache gerüstet zu sein, mittels derer sie Kontakt zum Inneren der Tiere finden soll, aber sie hat schon ein paar Wochenendkurse besucht und findet es schwieriger, als sie dachte. Es ist gar nicht einfach, so am Anfang, genau zu unterscheiden, welche Gedanken die eigenen sind und welche die des Hundes, aber das legt sich wohl mit der Zeit, Hauptsache, sie findet eine gute Ausbildungsstätte.

16) Abends um elf Uhr am Samstag des dritten Weekends hört Fvonk, wie das Garagentor aufgeht, und schaut aus dem Fenster, als gerade unter ihm der Wagen einfährt, die Garage ist ins Haus integriert wie bei etlichen Häusern aus dieser Zeit in der Gegend. Er sieht nur kurz das Heck des Wagens verschwinden, er ist ebenso schwarz wie das Auto der Hosenanzugsfrau und ebenso verflucht sauber. Diese Leute, denkt Fvonk, legen Wert auf Anonymität. Unauffällig soll es zugehen. Und sauber. Der Wagen verschwindet aus dem Blickfeld, das Tor gleitet wieder zu, was soll Fvonk tun, soll er überhaupt etwas tun, Guten Tag sagen, ein einfaches Willkommensgeschenk überreichen, eine Flasche Wein, eine rote Serviette vorgeblich beiläufig um den Flaschenhals gelegt, nein, das wäre aufdringlich, unprofessionell, er kann nichts, sollte nichts tun, denkt er, auch wenn das schwierig ist, da er instinktiv das Gegenteil will, etwas unternehmen, eine Begegnung provozieren, es ist ja wohl nicht zu viel verlangt, wenn er diesen geheimnisvollen Mieter wenigstens begrüßen will, Diskretion, ja bitte, aber dass er auf diese Weise außen vor gehalten werden soll, da fühlt er sich gekauft und bezahlt, das hat etwas von Prostitution, vielleicht geht er in den Keller und rumort da rum, er kann ja behaupten, er suche seine Schlittschuhe, schließlich ist es Winter und die Leute laufen Schlittschuh, vielleicht kommt der Mieter dann heraus und sie können Hallo sagen, nur ganz kurz, dann kennt er wenigstens das Gesicht, die Stimme, die Stimme ist wichtig, das macht einen großen Unterschied, Fvonk könnte auch anklopfen und um etwas Zucker bitten, er kann sagen, er plane, einen Kuchen zu backen, dagegen kann der Mieter nichts sagen, Fvonk könnte ja durchaus Hobbybäcker sein, oder er bittet um Gewürze, Kreuzkümmel zum Beispiel, oder Kurkuma, das

übrigens antiseptische Eigenschaften hat, laut Agnes, das sollte doch eine wasserdichte Entschuldigung sein, aber das wird jetzt nichts, sowohl der Zeitpunkt als auch die Situation sprechen dagegen, und die Vernunft, nicht zuletzt die, außerdem will er nicht als einer dastehen, der antiseptische Eigenschaften benötigt.

17) Dafür allerdings, sich auf den Boden zu legen und das Ohr aufs Parkett zu pressen, ist Fvonk sich nicht zu schade. In dem einen Zimmer ist es ganz und gar still, langweilige Leute, denkt Fvonk, aber aus dem anderen sind leise Lebensäußerungen zu vernehmen. Von Zeit zu Zeit geht jemand da unten quer durch den Raum, lautere Geräusche sind nicht identifizierbar, der Staat hat gut isoliert, das muss man ihm lassen, aber ein paar sickern doch durch, unregelmäßiges Surren, Mediengeräusche vielleicht, das ewige Geplapper, die sogenannten Diskussionen, Moderationen, Übergänge. Aber Momentchen, da wird nicht geredet, ist das Gesang, Musik? Nach und nach ist Fvonk immer sicherer, dass in dem möblierten Zimmer unter ihm Musik gespielt wird. Musik. Genau das, was er, Fvonk, so liebt, vielleicht ist da ein Freund eingezogen, denkt er, einer, dem er in der Musik begegnen kann, das wäre doch etwas, er braucht einen Freund, eigentlich sogar Nähe, aber ein Freund wäre schon mal ein Anfang. Erwartungsvoll geht er die Kellertreppe hinunter in den kleinen Gemeinschaftsflur zwischen den beiden Zimmern, wo die Bewohner ihre Jacken aufhängen und Schuhe und manchmal sogar Skier abstellen. Er lauscht an der Tür, hört fast nichts, nur einen unbestimmten Rhythmus und eine Art Gesumm, er drückt das Ohr fest an die Tür, nimmt die Frequenz deutlicher wahr, könnte das Dylan sein, Fvonk denkt, wahrhaftig, das könne Dylan sein, sein

Mieter spielt da drin einen Protestsong, ojemine, wo soll das enden.

How many years can some people exist before they're allowed to be free?

Sehr gute Frage, denkt Fvonk.

18) Früh am nächsten Morgen verlassen die Mieter das Haus, Skier und Stöcke geschultert, Fvonk sieht sie durchs große Wohnzimmerfenster, während er Kaffee trinkt und in der Zeitung die Liste der Todesfälle liest. Es ist nun einmal so, dass es ein oder zwei, wie soll man sie nennen, Menschen mit Verbindung zum Geher- und Fitnessverband gibt, die ohne Weiteres verschwinden könnten, ohne dass Fvonk so ganz richtig traurig wäre, nicht, dass er ihnen den Tod wünschen würde, um Himmels willen, aber so ganz und gar lebendig brauchen sie auf die Dauer auch nicht zu sein. Einer der Mieter, der Älteste, hat einen Bart, einen ganz überraschend buschigen Bart für den Mieter eines möblierten Zimmers, findet Fvonk, die beiden anderen sind glattrasiert, kräftig gebaut, sie gehen ein paar Meter hinter dem Bärtigen, sie sehen nicht aus wie gewöhnliche Freunde, so geht man doch nicht zusammen mit Freunden zum Skilaufen, man geht nicht vor ihnen her, wenn man vor Freunden hergeht, sind es keine Freunde, sondern etwas anderes, Fvonk weiß auch nicht recht was. Irgendwann am Vormittag kommen sie zurück, Fvonk sitzt immer noch im selben Sessel, bald muss er selbst auch hinaus, das kann er spüren, aber vorerst sitzt er noch hier. Sie, die Männer, waren zweieinhalb Stunden unterwegs, der mit dem Bart kommt zuerst, die beiden anderen, seine Freunde oder was sie nun sein mögen, ein paar Meter hinter ihm. Dann rauscht es leise in den Rohren, und Fvonk denkt, sie duschen, duschen sie

zugleich, oder duschen sie gar zusammen, könnte das sein, sollte er seine möblierten Zimmer zu solchen Zwecken vermietet haben? Die Leute sollen tun, was ihnen Spaß macht, das ist es nicht, aber er hat trotzdem das Gefühl, dass die Hosenanzugsfrau ihm ein bisschen etwas anderes vorgespiegelt hat, das kann schon sein, sie war ja alles in allem ziemlich undeutlich, ihre ganze Anfrage hatte etwas Unbestimmtes an sich. Er, Fvonk, ist reingelegt worden, hier handelt es sich offenbar um Unkultur, was weitere Demütigungen und Degradierungen nach sich ziehen wird. Die haben mich hinters Licht geführt, denkt Fvonk.

19) Fvonk hat die steile Stiege zum Kriechboden erklommen, um seine Aquarellsachen zu holen, er hatte plötzlich Lust zum Malen mit Wasserfarben verspürt, das hat er nicht mehr erlebt, seit sich die Unkultur bei ihm eingenistet hatte, er vermisst die Ruhe, die entsteht, wenn die Farben von der Pinselspitze aus im Wasser verlaufen, die vorsichtigen Striche auf dem dicken Papier, er sehnt sich nach dem zurück, der er war, als er malte, ein ausgeglichener Mann mit Familie und Karriere, ganz rein war er da, die Schwangeren hätten ihn mal sehen sollen, ha!, sie hätten nichts gefunden, worauf sie mit dem Finger hätten deuten können, nicht den kleinsten Makel, ethische Tragkraft für jede Öre. Doch auf den Malsachen liegt die Schachtel mit den verleumderischen Zeitungsartikeln, die böse Schachtel, die er gleich hätte verbrennen oder von Anfang an überhaupt nicht füllen sollen. Leicht zitternd liest er im Schein seiner Stirnlampe die Überschriften. Der Geher- und Fitnessverband, so kann er da lesen, hat zu hohe Mitgliederzahlen angegeben und mindestens 13 Millionen Kronen kassiert, die an andere Sportverbände hätten gehen müssen. Diesen

Mittelerwerb bezeichnet der Generalsekretär des Norwegischen Sportbundes als »eigenartig«. Irgendwie hat die Sache mehr Aufmerksamkeit bekommen als gerechtfertigt gewesen wäre, denkt Fvonk. Als ob es in der Sportwelt keine anderen Mauscheleien aufzudecken gäbe. Das IOC und Sepp Blatter kommen ungeschoren davon, aber den kleinen Geher- und Fitnessverband wollten sie auf Teufel komm raus kassieren. Fvonk nimmt die Artikel mit und bemalt sie mit ineinander verfließenden Wasserfarben, lässt sie trocknen, schneidet sie in Streifen und flicht Weihnachtskörbchen daraus. Solche kleinen, die man an den Weihnachtsbaum hängen kann. Die Schwangeren lieben alternative Weihnachtskörbchen.

20) Sonntagnachmittag geht das Garagentor auf, als Fvonk von seiner Skitour kommt, Vettakollen, Frønsvollåsen, Kobberhaugene, Kikut (der Gipfel, nicht die Hütte), zurück auf der anderen Seite des Bjørnsjø via Skjærsjøen, Hammeren, Svartkulp und Reichsarchiv. Als der Wagen die Einfahrt hinunterfährt, erhascht er einen Blick auf die drei möblierten Mieter, die man trotz allem wohl doch Freunde nennen muss, denkt Fvonk jetzt. Die beiden Glattrasierten sitzen vorn, der Dritte, der mit dem Bart, hinten, aber ohne Bart, jedenfalls sitzt keine bärtige Person auf der Rückbank, obgleich er verbürgtermaßen zuvor eine gesehen hatte, wohnen da noch welche, was geht hier vor, er muss sich rasiert haben, denkt Fvonk noch, bevor der Wagen an ihm vorüber ist und auf die Straße einbiegt. Es ist doch seltsam, ja merkwürdig, sich derart zu rasieren, wo der Frühling noch eine ganze Zeit lang auf sich warten lassen wird, was soll man davon halten. Fvonk geht hinein, er zieht das verschwitzte Ski-Trikot nicht aus, sondern setzt sich, ratlos,

sitzt eine Weile da, ist dann nicht mehr ratlos, steht wieder auf, entschlossen, sperrt die Türen zu den möblierten Zimmern auf, erst die eine, dann die andere, er, Fvonk, weiß natürlich, dass er damit eine Grenze überschreitet, so etwas tut man nicht, aber er tut es, schließlich hat er die Schlüssel, als Eigentümer hat er ein Recht darauf, wegen Feuer und Instandsetzungsarbeiten, es kann viele Gründe geben, natürlich braucht er Schlüssel, und jetzt sperrt er die Türen auf. Die Zimmer sind hübsch und sauber, hier leben ordentliche Menschen, fast keine persönlichen Dinge, beinahe wie im Hotel. Fvonk schaut in die Schränke, sie sind leer bis auf ein paar grundlegende einfache Küchengeräte und Geschirr. Die Schubladen sind leer, was ist mit den Nachttischschubladen, ebenfalls leer, was ist mit dem anderen, er eilt ins Nebenzimmer, das Dylan-Zimmer, und zieht die Nachttischschublade auf, Herrgott, der Bart, Fvonk steht da, den Bart in der Hand, es ist ein Bart zum Ankleben, ein künstlicher Bart zum Ankleben, das ist erschreckend, was für Leute benutzen künstliche Bärte, das ist nicht sauber, das ist Unkultur, garantiert, er, Fvonk, ist sekündlich sicherer, dass das kein gutes Zeichen ist, sie werden ihn beseitigen, denkt er, bald liegt er im Fjord, etwas Schweres an den Beinen, da unten ist fast keine Sicht, höchstwahrscheinlich wird das ein unheimlicher Tod.

21) Später, Klaviermusik erfüllt das Wohnzimmer, steht Fvonk am Fenster, er verspürt das Bedürfnis, mit jemandem zu reden, um das mit dem künstlichen Bart zu verarbeiten, doch mit wem kann er reden, mit dem Staat nicht, mit der Polizei nicht, nicht mit Agnes, sie hat ihn verlassen, und seine Tochter möchte vor allem etwas über Hunde hören, er ist allein. Fvonk ist ganz allein.

22) Hat das Ganze mit Dokumentenlosigkeit zu tun, fragt er sich, hat der Staat möblierte Zimmer für Leute besorgt, die außer Landes geschafft werden sollen, es klingt seltsam, aber er hat es ja mit eigenen Augen gesehen, zwei Polizisten und einer, der abgeschoben werden soll, verbringen einen schönen Tag in Fvonks möblierten Zimmern, mit Musik und einer Skitour und Duschen, und dann geht es aus dem Land hinaus, sollte es sich um so etwas handeln, er hat noch nie von einem solchen Vorgehen gehört, doch des Staates Wege sind unerforschlich.

23) Gegen fünf Uhr morgens erwacht Fvonk und setzt sich im Bett auf. Er befindet sich in einem seltsam aufgeräumten Zustand, er weiß etwas, er hat es sich selbst gegenüber vorm Einschlafen nicht zugeben können, aber jetzt drängt es sich auf, er hat auf dem Rücksitz etwas gesehen, ein Detail, ein wichtiges Detail, als der Wagen an ihm vorbeifuhr, der frisch Rasierte, also derjenige, der früher am Tage einen Bart getragen hatte, war jemand Bekanntes, eine öffentliche Person, tatsächlich einer der Bekanntesten des Landes, muss man wohl sagen, es ging zwar schnell, und Fvonk kann nicht hundertprozentig sicher sein, aber recht sicher ist er doch, sicher genug, um es so zu sagen. Mein lieber Freund, denkt Fvonk, wo soll das hinführen.

24) Die ganze Woche über wandert Fvonk nachdenklich umher, er müsste sich zusammenreißen, zum Sozialamt gehen, es gibt Ärzte, die er aufsuchen müsste, und Karriereberater, warten wir noch einen Monat ab, dann ändert sich die Situation wahrscheinlich, so hat sein Arzt vor einiger Zeit gesagt, aber sie hat sich nicht geändert, der Arzt meinte nicht die äußere Situation, sondern die innere, Fvonks

innere Verfassung, die Negativität, die Angst. Der Arzt dachte, sie würde sich verbessern, das hat sie aber nicht, im Gegenteil, er, Fvonk, empfängt immer noch Krankengeld wegen invalidisierendem Kontakt mit Unkultur, und alle, auch Fvonk, sind der Meinung, er müsse wieder arbeiten gehen, und diese Woche, es ist die dreizehnte, hatte er wirklich vorgehabt, etwas zu unternehmen, vielleicht sogar zur Sporthochschule zu gehen und zu fragen, ob er dort nicht wieder Vorlesungen halten könnte, wie in den Jahren, bevor der Geher- und Fitnessverband ihn dort weglockte.

25) Der Gedanke, vielleicht wieder Vorlesungen zu halten, macht ihn froh, allein schon der Gedanke, das ist etwas, was er kann, und den Sportstudenten dürfte nichts über seine zweifelhafte Vergangenheit bekannt sein, er wird wieder mit seinen Kenntnissen über die Geschichte des Sports, zumal des organisierten Sports, glänzen, ja brillieren können, und dazu mit Anekdoten, jeder Menge Anekdoten, Moritaten beinahe, niemand konnte seine Vorlesungen so würzen wie er. WAS IST SPORT?, schrieb er immer in der ersten Stunde an die Tafel, dann setzte er sich hin und ließ die Studenten diesen Satz anschauen, so lange, bis sie sich gegenseitig anschauten, was ist jetzt das, so dachten sie, das konnte er ihnen ansehen, sie hielten das für eine einfache Frage, oh, sie fehlen ihm, die Zwanzigjährigen, diese Energie, diese Reinheit, dieser massive Unverstand, sie liebten ihn, ist das ein zu großes Wort, denkt er, nein, es ist nicht zu groß, absolut nicht, die Studenten liebten mich, denkt Fvonk, was um alles in der Welt hatte ich nur beim Geher- und Fitnessverband verloren, das ist doch einfach nur traurig. Ich hätte nie bei der Sporthochschule aufhören sollen, was haben die Studenten mich geliebt, heidewitzka, die konnten gar nicht

genug von mir bekommen, es stellt sich allerdings die Frage, ob diese Brücke nicht doch womöglich abgebrannt ist, das Problem ist, die Verwaltung der Sporthochschule kennt ihn, man weiß dort, wovon er, Fvonk, ein Teil gewesen ist, und zwar kann man nicht so leicht sagen, was Sport ist, dafür aber umso leichter, was Sport nicht ist. Sport ist zum Beispiel nicht Unkultur, er ist absolut nicht Unkultur, und es ist immer traurig, wenn die Unkultur sich im Sport einschleicht, in mancher Hinsicht trauriger, als wenn sie sich woanders einschleicht, denn das Wesen des Sports besteht eben darin, dass er etwas anderes repräsentiert, denkt Fvonk, das wissen alle, die mit Sport zu tun haben, und die Verwaltung der Sporthochschule weiß es besser als sonstwer, darum ist das fraglich. Es ist fraglich.

Fvonk sucht weder Ärzte noch Karriereberater auf, er sucht in dieser Woche überhaupt niemanden auf, sondern versucht, sich die Seele aus dem Leib zu laufen, er frisst die Kilometer gleich dutzendweise, seine schicke Uhr füllt sich mit Entfernungsangaben und Durchschnittsgeschwindigkeiten, Höhenunterschieden und Koordinaten, er überspielt die Daten auf den PC und erhält schöne Karten der Routen, die er gelaufen ist, ins Feld für die Notizen schreibt er zum Beispiel: Herrlicher Sonnentag, Raureif an allen Laubbäumen, auf dem Rückweg eine Waffel in Ullevålseter gekauft, die Pokale angeschaut, viele, erwogen, bei der Hochschule vorbeizuschauen, vorbeigegangen, eine Schwangere gesehen, gerade noch davongekommen.

26) Täglich wird Fvonk von dem bartlosen Gesicht auf der Rückbank des BMW heimgesucht, und zwei Mal hintereinander, als er abends den Fernseher anmacht, taucht eben dieses Gesicht in den Abendnachrichten auf, es stört ihn

ungemein, denn er will doch gern, dass die Dinge zusammenhängen, er will verstehen, doch die Dinge hängen nicht zusammen, und er versteht nicht, er geht dem Fernseher den restlichen Abend aus dem Weg und hört stattdessen Musik.

27) Musik, diesen Weg hätte er einschlagen sollen, da gibt es keine Unkultur, nichts als Töne, über- und untereinander zugleich, vor- und nacheinander, Musik, denkt Fvonk, diesen Weg hätte er einschlagen müssen, etwas mit Musik.

28) Freitagabend ist der saubere Wagen wieder da, das Garagentor öffnet sich summend, wenn man auf ein kleines Gerät in unmittelbarer Reichweite des Fahrers drückt. Fvonk hat auch so eines bekommen. Nichts als ein kleiner Fingerdruck, fast eine Liebkosung, und das Tor geht auf, gleitet auf, leise wie ein Indianer, aber mit einem verhaltenen Summen. Der Wagen fährt hinein, und Fvonk macht die Musik aus und lauscht. Er glaubt, ist sich dessen sicher, dass er sämtliche Spuren seines Eindringens getilgt hat, der Bart liegt an Ort und Stelle, hübsch ordentlich in der Nachttischschublade, es sollte unmöglich sein festzustellen, dass er dort drinnen gewesen ist, dennoch ist er nervös, trabt eine Weile durch sein Wohnzimmer, bis er am fehlenden Widerschein auf dem Schnee sehen kann, dass man dort unten das Licht ausgeschaltet hat, erst in dem einen Zimmer, dann in dem anderen. Erleichtert macht er die Musik wieder an, gießt sich ein Glas Wein ein, er hat festgestellt, dass Wein die Wirkung der Unkultur betäubt, sie dämpft und stillt und momentweise sogar behebt, manchmal auch ganz und gar und anhaltend. Trotzdem kann Fvonk nicht viel trinken, es muss im Rahmen bleiben, er will ja nicht

eine Form von Unkultur durch eine andere ersetzen, dann wäre er nicht weiter, aber er kann einiges an Wein vertragen, bevor er in die Gefahrenzone gerät, das spürt er, wie viel genau, das ist schwierig zu sagen, die Landschaft des Weins ist voller Grauzonen, aber einiges an Wein kann er trinken. Auf jeden Fall.

29) Mitten in der Nacht wacht Fvonk auf, weil es an der Tür klingelt. Im Halbschlaf wirft er einen Blick an die Decke, an die rote Zahlen von der kombinierten Wecker- und Wetterstation auf dem Nachttisch projiziert werden. Es ist 03:33 Uhr, draußen herrschen –3,2 Grad, in der Zeit zwischen dem ersten Klingeln und dem zweiten fällt die Temperatur auf –3,3. Drei und drei und drei, denkt Fvonk, die Zahl des Satans, oder immerhin die Hälfte der Zahl des Satans, muss er sich Sorgen machen?

30) Fvonk rappelt sich auf und steigt aus dem Bett, er schnappt sich den Morgenmantel und geht den Flur hinunter bis zur Haustür.

Wer ist da?

Ich bin das, der Mieter von unten.

Fvonk macht auf. Draußen steht der Mann mit dem Bart, in Flanell-Pyjama und Joggingschuhen, einen Stapel Papier unterm Arm. Sie blicken einander an, der Mieter und Fvonk. Entschuldigung, sagt der Mann nach ein paar Sekunden, es war nichts.

Er geht wieder. Fvonk blickt ihm nach.

31) Zehn Minuten später klingelt es wieder. Der Mann mit dem Bart ist zurück.

Es war doch was, sagt der Mann. Mir ist klar, dass das

seltsam klingt, aber ich muss aus dienstlichen Gründen ein paar Unterlagen lesen und bekam so Lust auf eine Tasse Tee, aber ich habe weder Tee noch Zucker. Eben dachte ich, ich kann das auch ohne Tee lesen, aber jetzt finde ich, ich schaffe das nicht. Tschuldigung für das Hin und Her.

32) Fvonk ist erleichtert, eine Bitte um Tee, das ist zu bewältigen, ein Bedürfnis, dem mit materiellen Mitteln abzuhelfen ist, er macht die Tür auf, und der Mann folgt ihm in die Küche.

Ich trinke nicht oft Tee, sagt Fvonk, aber es gibt hier schon noch welchen, früher hat hier jemand gewohnt, der gern Tee trank, und ab und zu kommt meine Tochter mich besuchen, dann wird auch Tee getrunken, aber ich allein trinke so gut wie nie welchen, jaja, was stehe ich denn hier und plappere. Fvonk geht in die Küche, und der Mann kommt hinterdreingetrippelt.

Schauen wir mal, sagt Fvonk, natürlich habe ich grünen Tee, außerdem gewöhnlichen Earl Grey und La Femme Active, und dann den hier, Morning Detox, klar und erfrischend, steht hier, jeder einzelne Schluck wie ein goldener Sonnenaufgang, das klingt vielleicht etwas übertrieben, ich weiß nicht, vielleicht ist der gut.

Den nehme ich, sagt der Mann mit dem Bart.

33) Fvonk füllt Wasser in den Kocher, nimmt eine Tasse, hängt den Teebeutel hinein und stellt sie dann vor den Mann mit dem Bart auf den Küchentisch. Das ist eine merkwürdige Situation, denkt Fvonk, er ist unsicher, wie er die Sache angehen soll. Keines seiner bisherigen Erlebnisse hat ihn auf diese Situation vorbereitet, denn der bärtige Mann, der an seinem Küchentisch Platz genommen hat, ist ja nicht irgend-

ein Mann, selbst ohne Bart wäre das nicht irgendein Mann, dann schon gar nicht.

34) Sie warten, dass das Wasser kocht, mit dem für Fvonk so vertrauten brausenden Geräusch, das immer lauter wird, das Wasser wird binnen Sekunden kochen, gleich springt der kleine Knopf oben am Handgriff hoch, zwar wartet Fvonk normalerweise nicht so lange, diesmal tut er es, er wartet das leise Klicken ab und bis das rote Lämpchen unter dem Knopf erlischt, es dauert noch ein paar Sekunden, dann nimmt er den Wasserkocher und geht zum Tisch und füllt die Tasse seines Mieters, ein unbestimmbarer, etwas exotischer Duft umhüllt sogleich den Küchentisch und auch seine nächste Umgebung.

Hmmm, sagt der Fremde, eine Tasse Tee, das ist jetzt gut.

35) Fvonk stellt Zucker vor den Mieter, der nimmt einen Löffel, zwei Löffel und rührt behutsam um. Fvonk hätte erwartet, dass er den Tee nimmt und hinuntergeht, aber der Fremde sitzt da und rührt ruhig um, jetzt wäre es eigentlich normal, etwas zu sagen, denkt Fvonk, aber es will ihm nichts einfallen, er will gern normal und ausgeglichen wirken, je weniger er in den nächsten Sekunden und Minuten sagt, desto eher wird der Bärtige ihn mit Unkultur verbinden oder zumindest mit etwas leicht Abseitigem, Small Talk hat er doch einst beherrscht, vielleicht kann eine kleine Anekdote aus der Welt des Sports das Eis brechen helfen? Der Mieter seinerseits lässt sich von dem Schweigen nicht unter Druck setzen, er kostet den Tee, scheint ihn zu mögen, aber will er nicht bald etwas sagen, doch, da kommt es, er schlafe derzeit nicht so gut, und das sei ungünstig, da es die Konzentrationsfähigkeit beeinträchtige, und wenn er etwas

brauche in seinem Job, dann seine Konzentrationsfähigkeit, aber dieser Tee werde sicher Wunder wirken, das spüre er, sagt er. Fvonk nickt und antwortet etwas eher Handzahmes wie schön, behilflich sein zu können und gern wieder undsoweiter. Der Fremde sitzt einfach nur da. Gedankenversunken, so sieht er aus. Fvonk reckt sich, fast demonstrativ, und gähnt. Der Mann mit dem Bart rührt weiterhin langsam um und nimmt dann und wann einen Schluck, und zwar durchschnittlich nach jeder fünften Umdrehung.

36) Auf einmal hält er im Umrühren inne, legt den Löffel auf den Tisch und blickt Fvonk an.

Entschuldigung, dass ich jetzt damit anfange, aber ich habe vorhin nicht ganz die Wahrheit gesagt.

Nicht ganz die Wahrheit?

Nein.

Es ist etwas Nacktes in der Stimme des Mieters, das Fvonks Sympathie weckt, diese Person braucht Hilfe, denkt Fvonk, das ist ein verwundbarer Mensch, mir selbst nicht unähnlich.

Ich wollte nicht allein sein, sagt der Mieter, ich wurde etwas ängstlich, ich muss wie gesagt bis morgen einige Unterlagen lesen und dachte, es könnte schön sein, das in Gegenwart einer anderen Person zu tun.

Ja, aha, sagt Fvonk abwartend.

Ich mag andere Personen, sagt der Mieter, ich mag Menschen, die nicht ich selbst sind.

Fvonk spürt, dass er sich freut, es ist lange her, dass jemand gesagt hat, er mag ihn.

Meinen Sie, ich könnte die Unterlagen hier bei Ihnen lesen, fragt der Mieter. Ich bin auch ganz still, ich bin beim Lesen immer still, sehr, sehr still.

37) Der Mieter sitzt auf dem Sofa und liest, in eine Wolldecke gehüllt, während Fvonk in seinem Lehnsessel vor sich hindöst, dann und wann wacht er kurz auf und schaut zu dem Lesenden hinüber, der etwas notiert oder unterstreicht, er denkt nach, denkt Fvonk, er löst Probleme und handelt ordnungsgemäß, Fvonk möchte auch gern Probleme lösen, aber so spät in der Nacht ist sein Gehirn nicht kontrollierbar, es geht eigene Wege, gleitet ab.

Woran denken Sie, fragt der Mieter unvermittelt.

Ich denke an die Schwangeren, sagt Fvonk.

Der Mieter nickt.

Die Schwangeren, aha, sagt er. Ich hatte den Eindruck, dass Sie etwas beschäftigt.

Es liegt an dieser Reinheit, sagt Fvonk. Sie sind so verflucht unbesudelt, und das, was in ihnen heranwächst, ist derart voller Möglichkeiten und Licht und Positivität, und ihre Haut schimmert, und ihre Zähne schimmern, ihr Geruchssinn ist tierisch fein entwickelt, sie haben eine unerhörte Kraft und strahlen, und nichts kann weiter von Unkultur entfernt sein als das, was in ihnen wächst.

Der Mieter sieht ihn an.

Fvonk spürt, dass etwas seinen Platz gefunden hat. Es ist ihm gelungen, es in Worte zu fassen. Die Schwangeren sehen sofort, wie schmutzig er ist, wie dekadent und unbrauchbar. Er, Fvonk, steht ihnen im Weg, er repräsentiert etwas, von dem sie ihre Kinder möglichst bewahren wollen. Er ist Abfall.

Sie haben recht, sagt der Mieter, die Schwangeren schimmern.

Verdammt noch mal, natürlich schimmern sie.

Ja.

38) In der Nacht darauf wiederholt es sich. Spätnachts klingelt der Mieter. Dieselbe Prozedur: Entschuldigungen, Tee, Bart, Unterlagen, die gelesen werden müssen, Fvonk döst im Sessel. Keiner von beiden spricht es aus, aber sie fühlen sich in der Gesellschaft des anderen wohl, im Raum herrscht eine gute Stimmung, keiner von beiden ist in Sachen gute Stimmung verwöhnt.

39) Der Mieter legt die Unterlagen hin und sieht Fvonk an.

Was ist Ihr Lieblingspalindrom?, fragt er.

Fvonk denkt nach.

Ich habe kein Lieblingspalindrom, sagt er nach einer Weile.

Meins ist Yo, banana boy!

Fvonk nickt. Wer ist dieser Mensch?

40) Eine halbe Stunde später legt der Mieter die Unterlagen erneut hin.

Sie werden ja wohl nicht denken, dass es einfach ist, ich zu sein?, fragt er.

Durchaus nicht, sagt Fvonk.

Gut. Was ist mit Ihrem Leben, ist das einfach?

Nein.

Dann können Sie sich ja vorstellen, wie wenig einfach meines ist. Ich kann mir nicht einmal eine Midlife Crisis leisten.

Sie Ärmster.

Das macht mich rasend.

Sie können gern hier bei mir wütend sein, sagt Fvonk, ich bin wütende Leute gewöhnt.

Gerade jetzt bin ich gar nicht so wütend.

Der Mieter blickt in seine Unterlagen, dann wieder zu Fvonk.

Sie sind ein Mann aus dem Volk?, fragt er.

Ich weiß nicht, sagt Fvonk, äh, vielleicht, mag schon sein.

Ich soll mehr mit dem Volk reden, sagt der Mieter.

Das Volk, sagt Fvonk und schmeckt dem Wort nach, das Volk ist wohl ein vielköpfiger Troll.

Haha, sagt der Mieter, oh ja, verdammt noch mal.

41) Aufgewacht bin ich übrigens wegen eines Traums, bevor ich hier hochgekommen bin, sagt der Mann mit dem Bart.

Aha?

Eine Frau auf einem Pferd war hinter mir her, sie hat mich regelrecht gejagt, während sie mit dumpfer Echo-Stimme immer wieder fragte, Wer ist der Mächtigste im ganzen Land?, und in der Hand hatte sie einen gefährlichen Apfel, können Sie sich das vorstellen, das war wirklich unschön.

Ja, das klingt nicht besonders gemütlich, sagt Fvonk, was für eine Sorte Frau war das?

Das war die Apfelfrau, sagt der Mieter.

Die Apfelfrau?

Die Apfelfrau.

Fvonk nickt, als hätte das irgendetwas erklärt.

Der Apfel war giftig, sagt der Mieter, er sah extrem giftig aus, viel zu rot irgendwie, gefährlich rot.

Und dann sind Sie aufgewacht?

Ja, ich bin aufgewacht und dachte, eine Tasse Tee könnte mir helfen, den Traum aus dem Kopf zu bekommen.

Ich verstehe nicht besonders viel von Träumen, sagt Fvonk, also weiß ich nicht, was der hier bedeuten könnte, falls er denn überhaupt etwas bedeutet, oft ist so was ja nur verrücktes Zeug, so kommt es mir vor.

Sie haben recht, sagt der Mieter, er bedeutet sicher nichts, ein Apfel, haha, als ob man davor Angst haben müsste.

Nicht wahr, sagt Fvonk.

42) Zwei Dinge noch, sagt Fvonk, als der Mieter gerade aufstehen und gehen will.

Ja?

Es ist vielleicht eine etwas unverschämte Frage, aber ich befinde mich, wie soll ich sagen, ich befinde mich in einer etwas sorgenvollen Lebensphase, daher wäre es schön zu wissen, wer Sie sind und wer Ihre Freunde sind. Ich mag es nicht, mir Sorgen machen zu müssen, wenn es sich vermeiden lässt.

Der Mieter blickt ihn eine Weile lang an, die Frage scheint ihn zu überraschen.

Was für Freunde?, fragt er schließlich.

Die anderen, sagt Fvonk, die beiden anderen Mieter, im Zimmer gegenüber.

Ach die, sagt er, das sind nicht meine Freunde, ich kann mich ja kaum mit denen über etwas unterhalten, sagt er, die hängen nur mit mir rum, also verstehen Sie mich nicht falsch, sie sind schon in Ordnung, aber sie stehen mir nicht persönlich nah.

Der Mieter kratzt sich etwas verlegen den Bart, und

obgleich er es vorsichtig tut, ruckt der Bart dabei im Ganzen vor und zurück, wie bei einer Witznummer. Es fällt ihm selbst auf, und er hält in der Bewegung inne, blickt Fvonk verstohlen an, begreift, dass das seltsam ist, und setzt ein etwas dümmliches Lächeln auf.

Ich hab ein wenig Probleme mit diesem Bart, sagt er, der, der, ja, vielleicht sollte ich jetzt gehen, man hat mir geraten, ein wenig allein zu sein, wissen Sie, mein Arzt hat das gesagt, ich soll auch mal ein bisschen allein sein, nachdenken und mich entspannen, also, ja, dann werd ich mal runtergehen, aber ich danke Ihnen vielmals für den Tee, er steht auf und streckt ihm zum Dank die Hand entgegen. Fvonk nickt und nimmt die Hand. Der Mieter geht zum Eingang, zieht seine Turnschuhe an, rückt Bart und Schlafanzug etwas zurecht und knöpft den obersten Knopf der Schlafanzugjacke zu, draußen ist es kalt.

Ich möchte wirklich nicht aufdringlich wirken, sagt Fvonk, ich pflege mich für gewöhnlich nicht in die Dinge anderer einzumischen, aber ich muss jetzt noch einmal fragen, wer Sie sind.

Ich bin nicht sicher, ob Sie wissen müssen, wer ich bin, sagt der Mieter.

Ich weiß ja nicht, sagt Fvonk, neulich einmal, es war wohl am Sonntag, da habe ich Sie gesehen, oder wenn nicht Sie, dann jedenfalls einen dritten Mann auf dem Rücksitz des Wagens, während Ihre Freunde, oder seine, aus der Garage fuhren, und da hatten Sie, oder hatte er, keinen Bart, das ist ja doch merkwürdig, darum frage ich mich, wie das zusammenhängt. Ich will mich wirklich nicht einmischen, aber ich muss einfach wissen, dass alles in Ordnung ist und dass unser Mietverhältnis sozusagen das Tageslicht nicht zu scheuen braucht.

Der Mieter sagt nichts.

Sind Sie …, sagt Fvonk, sind Sie schlicht und einfach … ich denke, Sie sind kurz und gut … oder um es so zu sagen, sind Sie derjenige, für den ich Sie halte?

Der Mann nickt.

Ja, sagt er. Ich fürchte ja.

Fvonk nimmt unwillkürlich Haltung an.

Ich bitte vielmals um Verzeihung, sagt Fvonk, jetzt bin ich vielleicht zu weit gegangen, ich wollte mich wirklich nicht beschweren, Sie haben sicher Ihre Gründe, also entschuldigen Sie bitte.

Der Mann blickt Fvonk an, es wirkt fast so, als würde diese Enthüllung ihn erleichtern. Ich habe das mit dem Bart die ganze Zeit für eine schlechte Idee gehalten, sagt er, ich habe gesagt, das wird nicht funktionieren, und in der Tat, aber denken Sie, jemand wollte darauf hören? Ein Theaterbart. Was haben die sich nur dabei gedacht? Er schüttelt den Kopf.

So schlimm ist es gar nicht, sagt Fvonk, Sie müssen nur auf einen konsequenteren Gebrauch achten, und Sie müssen lernen, sich etwas geschickter zu kratzen.

Der Mann nickt.

Ich muss schauen, dass ich noch ein paar Stunden Schlaf bekomme, bevor es Tag wird, sagt er.

Wie soll ich Sie eigentlich nennen, fragt Fvonk, ich werde dann und wann genötigt sein, Sie anzusprechen.

Ja, das stimmt wahrscheinlich, sagt der Mann, er ist unschlüssig. Mir will nichts einfallen, sagt er schließlich, also nennen Sie mich Jens. Aber erzählen Sie niemandem, dass ich hier bin, verstehen Sie, kein Wort darüber, dass ich hin und wieder hier wohne, zu niemandem, seien Sie so nett und versprechen Sie mir das.

Natürlich, sagt Fvonk, ist doch selbstverständlich.
Zehn Messer ins Herz?, fragt Jens.
Klar doch, sagt Fvonk, von mir aus zwölf, oder fünfzehn.
Zehn reichen vollkommen, sagt Jens.

43) Der Premierminister als Mieter. Das hat gerade noch gefehlt. Den Schwangeren wird das gar nicht gefallen. Fvonk muss dringend den Eindruck eines Mannes machen, der alles Undurchsichtige hinter sich gelassen hat, aber das hier bewirkt das Gegenteil, es muss merkwürdig wirken, das verunsichert die Schwangeren, und sie werden die weitere Entwicklung sehr genau verfolgen. Fvonk liegt stundenlang wach, bevor er einschläft, mit offenen Augen, die Hände auf der Bettdecke. Er sieht aus wie eine einsame, klägliche Zeichentrickfigur, beleuchtet von einer schmalen Mondsichel ganz unten in einem großen schwarzen Fenster.

44) Am nächsten Vormittag liest Fvonk in der Zeitung vom Chef eines Wasserversorgungsunternehmens in einem landwirtschaftlich geprägten Gebiet, der sich so richtig der Veruntreuung schuldig gemacht, der die Unkultur in neue Höhen geführt hat, ja, in eine ganz neue Dimension. Er war derart unbescheiden, ja grell schamlos, es geht um getürkte Verträge, mengenweise Autos, um Immobilien im In- und Ausland, das Ganze derart meisterlich durchgeführt und grandios, dass es Fvonk fast gute Laune beschert. Ich bin nicht der Einzige, denkt er, ich bin nicht allein, ich war nur Zeuge von etwas, das ich allerdings nicht verraten habe, ich habe nie aktiv mitgewirkt, andere sind sehr viel weiter gegangen, ich bin fast niemand, ich bin nur ein winzig kleiner Fisch im ewigen Meer der Unkultur.

45) Fvonk sitzt immer noch malend im Lehnsessel, als Jens, mit Bart, und die beiden, die ihm nicht besonders nahestehen, von ihrer Skitour kommen. Jens hebt den Blick und sieht Fvonk am Fenster, er grüßt, und Fvonk erwidert den Gruß, etwas sehr fröhlich vielleicht, aber er kann sich nicht zurückhalten. Ich grüße, denkt Fvonk, den Premierminister, wir haben eine Verbindung, ich, der kleine Fisch, denkt er, und er, der Mächtige. Gleich darauf rauscht es in den Rohren. Sie duschen, denkt Fvonk, Herrgott, jetzt duschen sie wieder. Er zieht sein Skizeug an und läuft 34,7 Kilometer. Normalerweise würde er nach einer solchen Strecke nicht mehr grübeln, doch heute tut er es, er grübelt den ganzen Abend und die ganze Nacht und fast den ganzen folgenden Tag und große Teile der kommenden Woche, und auch jetzt schafft er es nicht, in der Sporthochschule vorbeizugehen oder auch nur bei seinem Hausarzt oder dem Sozialamt. Die Unkultur flüstert ihm ins Ohr, dass er zu nichts nutze ist, sie höhlt ihn aus, in großem Tempo. Jeden Tag verschwinden etliche Kubikzentimeter Fvonk.

46) Fvonk war beim Geher- und Fitnessverband nicht mit wirtschaftlichen Dingen befasst, auch nicht mit der Mitgliederverwaltung, er hat keine Zahlen manipuliert, so viel ist klar, er ist die Sache für sich selbst Hunderte Male durchgegangen. Die Frage ist, wie weit die Verantwortung hinabreicht, wo die Grenze verläuft. Er hatte mitbekommen, dass da irgendwas Zwielichtiges läuft, es wurde in den Fluren gemunkelt, und etwas von dem Gemunkel drang auch bis zu Fvonk durch, das kann er nicht leugnen, er machte nichts damit, meldete es nicht, er hätte es melden können, hat er aber nicht. Oft hat er schon gedacht, wie schön es gewesen wäre, derjenige zu sein, der es gemeldet hätte, es wäre illoyal

gewesen, aber korrekt, er hätte ein reines Gewissen gehabt und wäre belohnt worden, man hätte ihn hervorgehoben, möglicherweise direkt in eine neue Position hinein, möglicherweise eine leitende, aber so war es eben nicht. Andere nahmen die schwere Aufgabe des Meldens auf sich. Eine Schwangere machte Meldung, natürlich eine Schwangere. Sie sah, was da lief, und beendete es, wahrscheinlich, weil sie nicht damit hätte leben können, es nicht zu melden, das wäre ihr zu unsauber gewesen. Die Schwangere verriet die Mauschler, sie konnte die Praktiken, die da eingerissen waren, nicht gutheißen, sie ertrug es nicht, Teil davon zu sein, Fvonk hingegen ertrug es, leider, er ertrug es und hätte es nicht ertragen dürfen, und das tut ihm jetzt leid.

47) Spät am nächsten Freitagabend klingelt es an der Tür. Fvonk zuckt im Lehnsessel zusammen und bekleckert sein Hosenbein mit Rotwein. Er hat zwar vor ein paar Stunden das Garagentor gehört und den einfahrenden Wagen, aber dann war alles still, und er glaubte, dass die Mieter schlafen. Jens steht auf der Schwelle.

Hallo, flüstert er.

Hallo.

Wir müssen ein bisschen leise sein, die zwei da unten, die beiden anderen, die mir nicht besonders nahestehen, wissen nicht, dass ich hochgegangen bin.

Aha, flüstert Fvonk.

Hast du noch von diesem Detox-Tee?

Ja, klar. Und Rotwein.

Rotwein, wirklich?

Ja.

Rotwein ist besser als Tee, sagt Jens. Eigentlich mag ich Tee nicht mal besonders.

Warum hast du mich dann um Tee gebeten?

Ich weiß nicht. Es gibt zurzeit vieles, was ich nicht weiß. Es fällt mir schwer, das zu sagen, aber ich befinde mich in einer Phase, in der ich sehr vieles nicht weiß, und das verwirrt mich. Vorher habe ich alles gewusst. Ich bin fast nie jemandem begegnet, der so viel wusste wie ich. Vorher.

48) Sie gehen ins Wohnzimmer, und Fvonk räumt schnell Zeitungen und ein Paar Socken von dem Stuhl, auf dem Agnes immer gesessen hatte. Er hat diese dumme Angewohnheit, sich auf seinen Stammplatz zu setzen, wenn er von einer Skitour nach Hause kommt, er verschnauft ein bisschen, wenn er da sitzt, bevor er sich auszieht, er zieht die Socken aus und wirft sie auf Agnes' Stuhl, das ist natürlich schäbig, aber das hat er sich so angewöhnt. Er weiß, Agnes hätte es gehasst, dass er seine Trainingssocken auf ihren Stuhl wirft, genau darum kann er es ja nicht sein lassen, und sie kann ihn nicht daran hindern, sie weiß nicht einmal, dass er es tut, es ist Fvonks eigene, dämliche kleine Freude, und die Freuden stehen in Fvonks Leben nicht gerade Schlange, also heißt es, die Chancen nutzen, die sich bieten, deshalb fliegen die Socken jetzt aufs Sofa, und die Zeitungen landen, etwas sehr unsanft, um die Wahrheit zu sagen, im Kasten mit dem Kaminholz. Jens lässt sich von diesen Manövern nicht beirren, er nimmt das Zimmer wahr, könnte man sagen, er saugt es auf, eventuell, denn er macht ein interessiertes Gesicht und betrachtet die Fotos beim Klavier, man kann nur nicht sagen, ob er das tatsächlich aus Interesse tut oder weil von ihm erwartet wird, dass er sich dafür interessiert, vielleicht liegt ihm daran, dass niemand ihm unterstellt, er würde sich für etwas Besseres oder Höheres halten als sogenannte gewöhnliche Menschen, solche wie Fvonk.

49) Hübsches Mädchen, Jens nickt zu einem Foto, das an der Wand hängt, es ist zehn, zwölf Jahre alt, aufgenommen auf einer Wanderung beim Geirangerfjord. Das Mädchen lächelt den fast erschreckend weißen Apfelblüten zu.

Deine Tochter?

Ja.

Wie heißt sie?

Therese.

Hübsch.

Ja, stimmt, daran fehlt es nicht.

Jens verstummt und versucht zu ergründen, was in dieser Antwort mitschwingt.

Woran fehlt es denn?

Eigentlich fehlt es an nichts, sie ist vollkommen in Ordnung, es ist nur so, dass, nein, sie ist in Ordnung.

Was macht sie beruflich?

Sie möchte Tierkommunikatorin werden.

Tierkommunikatorin?

Sie meint, sie kann aus irgendeinem Grund gut mit Tieren kommunizieren, vor allem mit Hunden.

Aha, ich verstehe.

Nein, das glaube ich nicht, aber das macht weiter nichts, vielleicht könnten wir über etwas anderes reden?

Ich verstehe gern, sagt Jens, ich finde, man sollte verstehen, auf jeden Fall versuchen zu verstehen. Deine Tochter möchte mit Hunden reden?

Das sagt sie.

Worüber spricht man mit Hunden?

Wenn ich sie richtig verstehe, sind dem, worüber man mit Hunden reden kann, so gut wie keine Grenzen gesetzt.

Aber geht der Redefluss oder die Kommunikation oder wie man es nun nennen soll, zwischen Mensch und Tier und zwischen Tier und Mensch hin und her, also in beide Richtungen, oder geht er vor allem vom Menschen zum Tier?

Ich glaube, er geht vor allem vom Menschen zum Tier, sagt Fvonk, aber das ist meine persönliche Sicht der Dinge.

Jens nickt, er ist deutlich derselben Meinung.

Aber meine Tochter denkt wohl, sie hört etwas oder nimmt zumindest etwas wahr, das das Tier erwidert, sagt Fvonk.

Das ist mir jetzt vielleicht ein bisschen zu schwammig, sagt Jens.

Ja, sagt Fvonk.

Aber sie ist auf jeden Fall hübsch.

Ja, klar ist sie hübsch.

50) Unvermittelt, sie stehen immer noch vor dem Foto von Fvonks Tochter, sagt Jens: Ich finde, wir sollten einander kein Theater vorspielen.

Fvonk richtet sich auf, sieht ihn an, ungewiss, was das bedeuten soll.

Ich spiele wohl immer eine Rolle, sagt Jens.

51) Kannst du mir jemanden im Land nennen, der mehr Macht hat als ich?

Fvonk denkt nach, wer könnte das sein, der König? Nein, nicht einmal der König, also niemand.

Nein, sagt Fvonk, kann ich nicht.

Eben, sagt Jens. Aber denkst du, irgendwo wäre Hilfe herzubekommen? Denkst du, jemand begreift die Situation, in der ich stecke?

Wahrscheinlich deine Freunde, sagt Fvonk, oder deine Familie.

Ja, sagt Jens, das will man wohl meinen, aber wer diesen

Druck nicht selbst erlebt, kann es eigentlich nicht begreifen, und was meinst du, wozu das führt?

Ich weiß nicht, sagt Fvonk, aber sicher zu etwas Unschönem, ist es etwas Unschönes?

Einsamkeit, sagt Jens, es führt zu Einsamkeit.

Ja, sagt Fvonk.

Was weißt du eigentlich von Politik und dem ganzen Theater?

Sehr wenig, sagt Fvonk.

Aber was denkst du, worum geht es dabei?

Ich weiß nicht, aber ich würde tippen, dass es hart ist.

Hart, ja, haha, das ist nur der Vorname. Ich werde dir mal was sagen, mein Freund, die Macht ist brutal, sie ist ein Monster, sie zehrt einen aus. Die Menschen sind nicht nett. Die Gier nach Einfluss lässt sie ungehobelt und rücksichtslos werden. Und jetzt, nach mehreren Jahrzehnten in diesem Spiel, macht mich die Politik allmählich krank. So, jetzt habe ich es gesagt, ich hatte das eigentlich nicht vor, aber jetzt habe ich es gesagt.

52) Aber die Menschen mögen dich doch, sagt Fvonk. Und sie mögen dich nicht nur, sie bewundern dich und haben Vertrauen zu dir.

Schon wahr, sagt Jens. Aber was meinst du, wo in all dem noch Platz für Jens selbst ist?

Das weiß ich nicht.

Nein, das weißt du nicht. Als alles noch in dem guten, gleichmäßigen Alltagstrott lief, hatte ich von Zeit zu Zeit Kontakt zu mir selbst. Nicht oft, da will ich mich nicht ungerechtfertigt rühmen, aber doch an dem einen oder anderen Abend, wenn auch letztlich sehr selten, fühlte ich mich mit mir selbst identisch, konnte entspannen, es gab Nischen, in die der Ernst nicht eindrang. Aber jetzt gehe ich auf dem Zahnfleisch, Fvonk, und ich kann das nicht sagen und zugleich derselbe bleiben, der ich war. Es heißt immer, da draußen sei ein Dschungel, aber in Wirklichkeit ist es ein Dampfdruckkochtopf, es gibt Leute, Fvonk, mit einer Wirklichkeitswahrnehmung, die … ja, ich weiß nicht einmal, wie ich sie nennen soll. Ich begreife einfach nicht, durch was für eine Brille die die Welt sehen. Früher hatte ich nie Angst. Jetzt will ich nur noch schlafen.

53) Fvonk schenkt Jens, der sich aufs Sofa gesetzt hat, Wein ein. Er gießt das Glas schön voll.

Ich liebe das Geräusch, sagt Jens, vom Wein, wenn er ins Glas fließt, wenn die Flasche so ein bisschen gluckert. Ich bin nicht oft in der Nähe, wenn Wein eingeschenkt wird, wer weiß warum, meist bekomme ich einfach ein Glas in die Hand gedrückt, schon fertig eingeschenkt, je näher man der Macht ist, desto ferner ist man den elementaren Dingen, ich glaube, hier liegt ein Teil des Problems, ich will Rad fahren, Fvonk, durch die Straßen meiner Stadt, und wenn die Bremsbacken runtergefahren sind, will ich sie selbst auswechseln, ich will den Boden bei mir zu Hause selber aufwischen und meinen Wein selber öffnen oder zumindest dabei sein, wenn er eingegossen wird.

Fvonk sieht ihn an.

Aber dich hindert doch nichts und niemand daran, dir hin und wieder mal selbst Wein einzuschenken?

Nein. Aber es gibt irgendwie so selten Gelegenheit dazu, ich arbeite tagaus, tagein, meine Tätigkeit ist nur in geringem Maße mit Alkohol vereinbar, außerdem gehe ich nicht gern ins staatliche Weinmonopol, dann schauen mich alle so an und ich mache mir Sorgen, was sie wohl denken.

Deine Frau kann doch hingehen?

Das ist fast dasselbe. Die Leute sehen sie an und denken, jetzt will der Premierminister Wein trinken. Das mindert die Freude.

Aber dann kannst du doch einen Assistenten schicken?

Jaja. Verbeißen wir uns nicht in das Thema.

Finden die Leute dich nicht vielleicht eher volksnah und freuen sich, dich im Weinmonopol zu sehen?

Da wäre ich mir nicht so sicher. In den öffentlichen Verkehrsmitteln, da freuen sie sich, ganz klar, vor allem im Zusammenhang mit Sportveranstaltungen, außerdem ist es ja eine klare ökologische Stellungnahme, die Öffentlichen zu benutzen.

Jens muss etwas husten beim Begriff ökologische Stellungnahme.

In den Öffentlichen zeige ich ja etwas mit dem, was ich tue, fährt er fort, nachdem er sich den Mund mit dem Hemdsärmel abgewischt hat, im Weinmonopol wäre das ganz etwas anderes, da zeige ich nichts, jedenfalls nichts Gutes, ich zeige nur, dass ich, auch ich, denselben Neigungen unterliege wie andere, was ich allerdings eigentlich gar nicht tue, denn ich trinke nicht sonderlich häufig Wein, die meisten trinken öfter als ich, das Weinmonopol ist ganz und gar der falsche Ort, um mich in der Öffentlichkeit zu zeigen.

Aha, sagt Fvonk, also dann jedenfalls skål.

Ja, skål, sagt Jens. Sie trinken. Einen Schluck, zwei Schlucke, Fvonk fühlt sich ein wenig unhehaglich, er weiß nicht, wie er auf diese Mitteilungen reagieren soll, er hat das Gefühl, er sollte etwas sagen, etwas Förderliches, womit er beweist, dass er einer ist, dem man vertrauen kann, ein guter Kerl, denn das war er ja, früher, vielleicht nicht gleich der natürliche Mittelpunkt jeder Gesellschaft, aber doch. Lustig war er, konnte trockene Kommentare abgeben, von diesen Eigenschaften hatte er jedenfalls etwas mitbekommen, so findet er, Fvonk, selbst, auch wenn sie jetzt einen Dämpfer bekommen haben, die Unkultur hat ihnen einen Dämpfer verpasst, aber ganz und gar verschwunden werden sie schon nicht sein. Soll ich etwa so weit gehen und einen Witz erzählen, denkt Fvonk, oder ist das zu viel, schwer zu sagen, vielleicht wäre das zu viel, er weiß ja einen, über den fast alle lachen müssen, er hat ihn vor ein paar Jahren bei einer Wanderung gehört. Was hatte er gelacht, als er ihn zum ersten Mal gehört hatte, Schluckauf hatte er bekommen und am Ende einen Hustenanfall, es war schon fast wieder peinlich gewesen, Agnes hatte ihn missbilligend angesehen, selbst nicht gelacht, es ist ein etwas grober Witz, keiner von den Schlimmsten vielleicht, aber nicht gerade feinsinnig, weit davon entfernt.

54) Jens nimmt einen Schluck von dem Wein, und noch einen, auf einmal sieht sein Glas aus wie das eines Mannes, der viele Probleme hat, Fvonks hingegen wie das von jemandem, der wenige hat.

Du findest es sicher etwas merkwürdig, dass ich manchmal in einem von deinen möblierten Zimmern wohne.

Ich mache mir darüber nicht so Gedanken, sagt Fvonk.

Unfug, sagt Jens, ich wette, du denkst darüber nach.

Da hast du recht, sagt Fvonk.

Wir sollten einander kein Theater vorspielen, sagt Jens noch einmal.

55) Ich wollte darüber eigentlich nicht weiter reden, sagt Jens, nickt dazu sein etwas unkoordiniertes Nicken und fingert mit dem Finger einer Hand an einem Finger der ande-

ren herum. Aber jetzt sind die Dinge gesagt, und ich finde, wir entwickeln einen ganz guten Ton miteinander.

Absolut, sagt Fvonk.

Die Sache ist die, sagt Jens, ich bin erschöpft, und zwar schon seit geraumer Zeit. Es nimmt ehrlich gesagt allmählich ernste Formen an. Die Liebe des Volkes wärmt zwar, aber eigentlich ist sie nichts so recht Konkretes, ich bin ja immer noch ich selbst und habe mehr oder weniger immer mit denselben Leuten Umgang. Das Volk sehe und erlebe ich eher aus der Distanz. Irgendwann bin ich sogar zur Regierungsärztin gegangen, sie sagte, ich sei ausgepowert und müsste mich eigentlich krankschreiben lassen, aber das geht ja nicht, stell dir das mal vor, ein krankgeschriebener Premierminister, und dazu noch ohne greifbare Diagnose.

Nein, sagt Fvonk, das ist wahrscheinlich schwierig.

In meinem Job genügt es nicht, ein bisschen schlapp zu sein, weißt du, das reicht nicht, stell dir bloß die ganzen Spekulationen vor, von einem Tag auf den anderen wird eine Flut von Gerüchten aufkommen und der Partei schaden, ja der Regierung, ja das ganze Land kann Schaden nehmen, weißt du noch das letzte Mal, der andere da, dieser Christ, ist ja schon über zehn Jahre her, aber der ließ sich krankschreiben, wegen Überarbeitung und Depression, so nannte er es, und das brachte ihm die Sympathie des Volkes ein, dem Schlauberger, er gab den Überarbeiteten ein Gesicht, aber so etwas funktioniert nur ein Mal, weißt du, und er, der christliche Schlaufuchs, hat es gemacht und damit allen anderen Premierministern nach ihm die Chance verbaut, ich hoffe, das klingt nicht verbittert, wenn ich das sage, denn ich versuche, nicht verbittert zu klingen, obwohl, um die Wahrheit zu sagen, bin ich schon ein klein wenig verbittert. Ich könnte mir gut vorstellen, dasselbe zu tun, mich einfach für ein paar Tage krankschreiben zu lassen, damit an die Öffentlichkeit zu gehen, zu sagen, das war jetzt eine Zeit lang wirklich ziemlich viel und ich habe zu lange unter einem unmenschlich starken Druck gestanden und finde die Welt schwierig und muss jetzt einfach mal ein bisschen ausspannen, um in ein, zwei Wochen gestärkt zurückzukommen, mein Gott, was für eine Vorstellung, eine ganze Woche frei, in den Süden fliegen wie ein normaler Mensch, haha, einen Strandspaziergang machen, ohne Bodyguards, was für ein Traum, du ahnst ja nicht, wie sehr ich mich danach sehne.

56) Jetzt rede ich aber zu viel. Es muss am Wein liegen und wahrscheinlich auch an dir, dass ich immer weiter rede und weit über meine üblichen Grenzen hinausgehe. Du behältst das alles doch für dich, Fvonk?

Natürlich. Ich rede sowieso mit fast niemandem mehr.

Mit deiner Tochter?

Die will vor allem über Hunde reden.

Ach ja, stimmt ja. Mit deiner Frau?

Die ist seit vielen Jahren tot, Friede ihrer Asche.

Ich dachte, es wäre vor gar nicht so langer Zeit noch eine Frau hier gewesen?

Oh, ach ja, das war nur Agnes. Die hat ihr Glück anderswo gesucht.

Ja, sagt Jens, so machen es die Leute. Sie gehen weg. So sind sie. Man weiß nicht, ob man sich auf sie verlassen kann. Aber mir wäre es nun wirklich lieber, dieser Christ da wäre nicht so egoistisch gewesen, was hat der sich nur dabei gedacht, dem muss doch klar gewesen sein, dass er nicht auf ewig Premierminister sein würde, sondern dass andere nach ihm kommen würden, ihm hätte sogar klar sein können, dass ich das sein würde, ich war zu der Zeit nicht ganz unbekannt, und er hätte die menschliche Größe besitzen können, dem Impuls zu widerstehen, sich krankschreiben zu lassen, mein Gott, welcher Premierminister ist denn nicht überarbeitet und hat keine schweren Zeiten, das gehört doch dazu, aber schau mich an, hier sitze ich, und ich kann auf jeden Fall so viel sagen, dass ich mich gut geschlagen habe, bis vor Kurzem, und ich hatte viel, unglaublich viel schwierigere Situationen zu meistern als er, noch über dieses eine unfassbare Ereignis hinaus, das die ganze Welt so schockiert hat und bei dem alle finden, ich habe es so gut gemeistert. Irgendwie ist es sogar schlimmer geworden, weil alle fanden, ich hätte Charakterstärke gezeigt und mich als Landesvater erwiesen und all das. Ich finde das eigentlich nicht besonders nett und freundlich. Es bleibt einfach noch weniger Raum für mich, für den wahren Jens, weißt du. Und der Christ hatte so gut wie keine schwierigen Sachen zu bewältigen. Die Welt vor 2005 war ja eine ganz andere als heute. Ganz zu schweigen von der Welt vor Sommer 2011. Es war irgendwie noch eine unschuldige Zeit, ich muss fast lachen, dieser Egoist.

57) Der erste Premierminister, der sich aus etwas unklaren seelischen Gründen krankschreiben lässt, sagt Jens, erhält natürlich eine Welle von Sympathiebekundungen, doch sobald ein zweiter Premierminister das tut, bricht Norwegen zusammen, dann werden wir zum Land der deprimierten Premierminister, das schadet unserem Ruf mit sofortiger Wirkung, und eigentlich wäre ich der Richtige, um den Überarbeiteten ein Gesicht zu geben, die allermeisten werden sich vorstellen können, was ich durchgemacht habe, außerdem vertrete ich eine Partei, die tief im Volk verwur-

zelt ist, jedenfalls bis vor gar nicht so langer Zeit, und auch wenn manche etwas anderes behaupten, halte ich daran fest, dass wir immer noch einen gewissen Kontakt zum Volk haben, außerdem ist das Gequatsche von wegen es gibt keine Arbeiter mehr ja Unfug, so ein Blödsinn, abgesehen davon täten die Arbeiter besser daran, loyal zu sein und für die Partei zu stimmen, der sie es verdanken, dass sie heute jeden Tag aufs Neue die sozialen Wohltaten genießen können, die ihnen offenbar so viel Freizeit bescheren, dass sie nichts Besseres zu tun haben, als zu meckern und zu klagen, außerdem repräsentiere ich eine große Partei, dieser Christ da hat nur eine ganz kleine, merkwürdige repräsentiert.

58) Jens trinkt Wein. Fvonk trinkt Wein. Jens trinkt noch einen Schluck Wein.

Nein, sagt er auf einmal, dieser Christ ist hochgeklettert und hat die Leiter hinter sich hinaufgezogen, genau das hat er getan, wo bleibt denn da die Nächstenliebe?

Fvonk bestätigt, dass man sich das in der Tat fragen muss.

Jens steht auf und kreist frustriert durchs Wohnzimmer, offenbar außerstande, sein Nicken in den Griff zu bekommen, fast wie ein Restless-Leg-Syndrom, denkt Fvonk, nur mit dem Kopf. Im Geher- und Fitnessverband war einer, der konnte den Fuß nicht stillhalten, wo mag der heute sein, denkt Fvonk, und wo um alles in der Welt ist sein Fuß?

59) Kein bisschen nächstenlieb ist das, fährt Jens fort. Im Gegenteil, es ist zutiefst egoistisch, ja unsympathisch. Es ist ja nicht so, dass ich eine Diagnose hätte, ich bin nicht krank in dem Sinne, ich bin nur erschöpft, ausgepowert, zeitweise schlapp, zeitweise übrigens auch wütend, in kurzen Momenten desinteressiert, das war ich noch nie, mich bewegen zur

Zeit viele Gefühle, die für gewöhnlich nicht in einem Staatenlenker vorhanden sind, und ich habe selten Zeit, sie wirklich zu spüren, darum brauche ich einen Raum, eine Arena, dachte ich, wo ich ich selbst sein kann, und sei es nur momentweise, so wie jetzt, ja, gerade jetzt bin ich tatsächlich voll und ganz ich selbst, ohne Verstellungen, ohne Maske, mal abgesehen von diesem Bart.

Jens nimmt den Bart ab und wirft ihn in die Ecke.

Und darum habe ich eine meiner Staatssekretärinnen beauftragt, diese möblierten Zimmer anzumieten. Einfach, um mir eine Nische im Alltag zu schaffen, eine Art einsame Insel, die nur mir gehört und wo ich nachdenken und fühlen und vielleicht auch mal ein bisschen ausrasten kann. Die Männer, die du meine Freunde nennst, sind meine Bodyguards, so weit ist es gekommen, man muss auf mich aufpassen, so war es vorher ja auch, wir sind nicht ganz so naiv, wie manche das gern hätten, aber seit letztem Sommer sind die Maßnahmen um mich herum sehr viel straffer geworden. Man wünscht nicht, dass ich umgebracht werde wie zum Beispiel Palme, mitten auf der Straße und so, von einem Unbekannten. Ist ja auch scheußlich. Das wünsche ich selbst ja auch nicht. Ich will leben, Fvonk. Ich bin voller Lebenslust. Aber es ist schwierig, mit mir zusammen zu sein, wenn immer andere Menschen um mich herum sind und auf mich aufpassen. Natürlich, da draußen gibt es alle möglichen Verrückten, so ist es immer gewesen, aber jetzt, nach dem, was passiert ist, bin ich gezwungen, mir selber gegenüber zuzugeben, dass es keine Grenzen mehr gibt, absolut keine Grenzen für das, was die Leute sich einfallen lassen. Die Fantasie reicht einfach nicht aus, sie muss Konkurs anmelden, Fvonk, jedenfalls meine, aber auch die Fantasie anderer, das stelle ich fest. Erst dachte ich, es liege daran, dass ich Ökonom bin und Fantasie nicht meine Stärke ist, doch jetzt sehe ich, dass selbst die Fantasie derer nicht ausreicht, die von Fantasie leben. Und es macht mich grenzenlos traurig, dass es so ist, siehst du, jetzt bin ich wieder niedergeschlagen.

60) Es gibt in Fvonks Denken keine verurteilenden Gedanken, das ist eine der Folgen der Unkultur. Man lernt, andere besser zu verstehen, sie schlicht und einfach so zu nehmen, wie sie sind, wie es so schön heißt, man lernt zuzuhören und zu akzeptieren. Er ist geradezu menschlicher geworden, und das ist gut, das ist das Plus all der Demütigungen, die Fvonk durchgemacht hat. Er hört Jens zu und ist hervorragend imstande, ihn zu verstehen, er spürt Jens' Verzweiflung beinahe körperlich und möchte gern helfen, und das äußert er.

Ich würde dir gern helfen, sagt er. Ich weiß nicht wie, aber ich würde dir gern helfen, wieder mehr Jens zu sein.

61) Jens lächelt Fvonk melancholisch zu, als wisse er das Angebot zu schätzen, könne sich aber nicht vorstellen, wie Fvonk da etwas ausrichten will. Dann sinkt er ins Sofa zurück und schrumpft geradezu, als hätten diese relativ weitreichenden Vertraulichkeiten die Luft aus ihm herausgelassen. Er schließt die Augen und reibt sich mit Daumen und Zeigefinger die Schläfen, reibt und reibt und reibt. Fvonk sitzt einfach da und sieht ihn an, in seinem Blick ist fast etwas Mütterliches. Nach einer Weile, die Fvonk wie drei, vier Minuten vorkommt, zuckt Jens zusammen und blickt Fvonk in die Augen.

Jetzt war ich wohl in Gedanken, sagt er ganz offen, wie zu einem guten alten Bekannten.

Ja, sagt Fvonk, es hat ausgesehen, als würdest du intensiv über etwas nachdenken, was war es wohl?

Das möchte ich nicht sagen, sagt Jens.

Du möchtest es nicht sagen?

Nein, ich behalte es für mich.

Na gut.

Eigentlich kann ich es auch sagen, sagt Jens, wenn es unter uns bleibt.

Ja, sagt Fvonk.

Ich habe über die Neujahrsansprache nachgedacht.

Bis dahin sind es aber noch gut neun Monate.

Ja, aber sie spukt mir schon im Kopf herum, diese verteufelte Neujahrsansprache, das ganze Jahr über geht das so, oft ist sie das Erste, woran ich morgens denke, stell dir mal diesen Albtraum vor, dieser Job stiehlt mir meine Gedanken, Fvonk, ich bin kein freier Mensch mehr, ich bin unfrei. Fvonk nickt und legt das Gesicht in nachdenkliche Falten. Unfrei ist nicht gut. Das versteht er.

Letztes Jahr verstand sich von selbst, worüber ich zu reden hatte. Keine leichte Rede, nein, aber das Thema war ganz klar. Dieses Jahr ist das bei Weitem nicht so klar, und da arbeitet das Gehirn von früh bis spät, es sammelt Informationen und verarbeitet sie und bleibt immer dran, es läuft fast wie von selbst. All die Zeit, in der ihr, die ihr keine Premierminister seid, tun und lassen könnt, was ihr wollt, geht bei mir mit der Neujahrsansprache dahin. In normalen Jahren ist das die einzige Rede, bei der so gut wie jeder zuhört, und das macht sie zu einer immens wichtigen Plattform. Ich darf keine einzige Gruppe der Bevölkerung vergessen, verstehst du, fährt Jens fort, die Soldaten im Ausland zum Beispiel, das ist wichtig, die Seeleute und diejenigen, die auf den Ölplattformen arbeiten, aber auch alleinerziehende Mütter und Teenager und Kleinkinder und diejenigen, die ursprünglich eine andere ethnische Zugehörigkeit hatten als wir, aber aus irgendwelchen Gründen den Weg hierher gefunden haben und jetzt integriert werden müssen, quer durch die Lebensanschauungen und alles Mögliche, kannst du dir das vorstellen, ich muss es schlicht und einfach hinbekommen, dass die Leute stolz darauf sind, Norweger zu sein, und dann muss ich sagen, dass wir auf einem guten Weg sind, und manchmal, das muss ich tatsächlich zugeben, frage ich mich wirklich, ob wir auf einem guten Weg sind, es gibt ja so viel Seltsames und so viel, das ich nicht verstehe, wenn ich das so sagen darf.

Hast du nicht Leute, die so was für dich schreiben?

Schon, sagt Jens, aber ich trage viel dazu bei, weißt du. Ein Premierminister, der nichts zur Neujahrsansprache beizutragen hat, der taugt nicht viel. Dann fangen die Gerüchte an herumzuschwirren, und schon ist da was im Gange. Ich bin unfrei, Fvonk.

Ja, das sagtest du bereits.

Es kann nicht viele Menschen in unserem Land geben, die so unfrei sind wie ich. Wahrscheinlich der König, aber das ist trotzdem nicht dasselbe, er ist trotz allem geschützter, weniger zugänglich, und er steht über dem Gesetz, seltsam genug, außerdem beantwortet er nur, was er auch wirklich beantworten will, während ich alle möglichen Fragen beantworten muss, egal, wie dämlich sie sind, das gehört irgendwie dazu, Kontakt mit dem Volk undsoweiter. Einer offenen Demokratie wie unserer vorzustehen, ist ein Scheißjob, Fvonk, ein verfluchter Scheißjob.

62) Jens verstummt, er nimmt einen Schluck Wein und blickt Fvonk an, wohlbewusst, dass er längst schon zu viel

gesagt hat. Er muss mich beseitigen lassen, denkt Fvonk, er kann mich nicht leben lassen mit allem, was ich jetzt weiß, nicht auf Dauer, wenn er morgen früh aufwacht, gibt er seinen Bodyguards Bescheid, dass sie mich um die Ecke bringen. So geht es, wenn man möblierte Zimmer an die Spitzen der Gesellschaft vermietet, dass ich auch nie dazulerne, als ob es in diesem Haus nicht schon genug Unkultur gegeben hätte.

63) Jaja, sagt Jens. Hier sitze ich jetzt also. Fassen wir zusammen: Ich bin hier, weil ich Zeit für mich brauche, so hat es die Regierungsärztin gesagt, es war geradezu ein Befehl, und es geschieht mit Billigung meiner Familie, dass du ja nichts anderes denkst, sie sind einverstanden, dass ich hier bin, die Partei ebenso, neulich hat es beim Parteivorstand auf der Tagesordnung gestanden, die Gewerkschaft ist ebenfalls informiert. Ich bin ja in letzter Zeit manchmal aus der Haut gefahren, habe unangemessen reagiert, wie manche fanden, und schroff, dabei bin ich sonst nie schroff gewesen, da haben diejenigen, die um mich herum sind, begriffen, dass etwas nicht stimmt und dass ich Raum brauche, um mich abzureagieren. Ich bin ja nie allein. Das ist wahrscheinlich der Kern des Problems. Viele, viele Jahre lang bin ich nie allein gewesen, dabei ist es wichtig, allein zu sein, sagt die Regierungsärztin, sehr wichtig, irgendwas passiert mit dem Gehirn, wenn man nie allein ist und nie mal gar nichts tut, ich weiß nicht mehr, was sie genau sagte, aber es war etwas mit dem Gehirnstoffwechsel, der gerät aus dem Gleichgewicht, und das ist nicht gut.

Nein, das ist sicher nicht gut.

Wie ist das bei dir, schaffst du es, dir etwas Zeit zum Alleinsein freizuschaufeln?

Ja.

Magst du es?

Nein, sagt Fvonk, alles andere als das.

64) Ich wohne eigentlich ganz hier in der Nähe, sagt Jens, also in den Zeiten, wenn ich gerade nicht Premierminister bin, und ich habe Heimweh nach unserem Haus. Ich brauche es, die Waldwege hier oben zu sehen, hier Rad zu fahren oder zu joggen und Ski zu laufen, aber es würde nicht gut aussehen, hierher zurückzuziehen, nachdem der Steuerzahler für so eine hübsche Wohnung gleich hinterm Schloss aufkommt. Sie liegt fußläufig zu allem Möglichen, nur dumm, dass ich leider nicht zu Fuß gehen darf, es ist furchtbar, ich darf nirgendwohin radeln oder gehen, aber ich will nicht undankbar wirken, das ist das Letzte, was ich jetzt brauchen kann, ganz zu schweigen von der Partei, die Partei mag keine undankbaren Premierminister, das Volk auch nicht, nichts hasst das Volk mehr als undankbare Führungsgestalten, speziell in schwierigen Zeiten wie diesen. Glaubst du, Churchill hat sich während des Krieges undankbar gezeigt?

Nein.

Eben. Darüber ist auch geforscht worden, weißt du, und dem Volk ist es lieber, dass die Nachbarn uns im Fußball schlagen, als dass der Premierminister undankbar ist. Und ich bin ja auch wirklich richtig dankbar. Ich habe einen spannenden Job, wohne sehr gut, die Bezahlung ist auch ganz in Ordnung, ich bewege mich in anregender Umgebung, und das sogenannte Volk begegnet mir im Großen und Ganzen wohlwollend. Trotzdem bin ich voll Mattheit und Sehnsüchten und Ängsten. Da hast du mein Dilemma.

Verstehe.

Ich bin an Händen und Füßen gebunden, Fvonk. An Händen und Füßen.

65) Ich dachte, du wirst auf Schritt und Tritt von Presseleuten verfolgt, sagt Fvonk, fällt denen nicht auf, dass du nicht zum Wohnsitz des Premierministers gefahren wirst, sondern hierher?

Das haben wir elegant gelöst, sagt Jens fröhlich, haha, wirklich elegant, kann ich dir sagen. Irgendwann war eine Mitarbeiterin von mir mal in den Niederlanden zu einer Kulturveranstaltung und lernte dort den Leiter eines Literaturfestivals kennen, der mir total ähnlich sah, sie war ganz baff, das Wort benutzte sie, baff. Sie machte ein paar Fotos von ihm und zeigte sie mir. Es ist wirklich unglaublich, wie zwei Leute, die nicht miteinander verwandt sind, sich dermaßen ähnlich sehen können. Lange war es ein Running Gag, dass wir ja diesen Literaturfestivalmann engagieren könnten, wenn ich mal ausfallen sollte. Dann vergaß ich ihn allmählich, und ein paar Jahre lang lebte er in aller Ruhe sein Literaturleben und ich mein Premierministerleben. Doch dann kam dieser mir bis dato unbekannte mentale Zustand angeschlichen, ich war niedergeschlagen und verdrossen, und als sich das nicht mehr verbergen ließ, begriffen die Leute um mich herum, dass man etwas unternehmen muss, und so wurde der Witz mit dem Doppelgänger auf einmal Realität. Wir haben ihn bei diesem Literaturfestival abgeworben und ihn in einer Suite im Grand Hotel einquartiert. Er hat meinen Gang und meine Mimik trainiert, und wenn ich aus dem Parlament oder vom Regierungssitz oder woher auch immer abgeholt werde und hierhergebracht werden soll, fahren wir zuerst zur Wohnung des Premierministers in der Incognitogate, wo er aussteigt und ins Haus geht, dann durchs Haus durch, ich habe ihm natürlich jeden Kontakt mit meiner Frau untersagt, auf der Rückseite wieder hinaus und in den Schlosspark und weg. Inzwischen lege ich im Wagen den Bart an, und so auch er, bevor er aus dem Haus kommt.

Also gibt es zwei Bärte, sagt Fvonk.

Ja, es gibt zwei Bärte.

Aber er tut das sicher nicht nur aus Nettigkeit.

Er wird bezahlt, sagt Jens, er wird sehr ordentlich bezahlt und hat sehr viel Freizeit, meist sitzt er im Hotel und liest Bücher, so habe ich mir erzählen lassen, ich glaube, er bespricht auch das eine oder andere Buch für eine Zeitung in seiner Heimat, wahrscheinlich ist er ein gnadenloser Kritiker, haha, was gäbe ich nur dafür, mit ihm zu tauschen. Aber er spricht kein Wort Norwegisch, und politisch ist er nicht zu gebrauchen, er definiert sich als links, aber es ist politisch nicht durchdacht, er hat keine Ahnung, wovon er spricht, wie ja die meisten Leute, sie wissen meist nicht, was sie tun. Entschuldigung, wenn ich das so unverblümt sage, aber es stimmt einfach, manchmal sind die Leute so wenig bedacht und so oberflächlich, dass es mir schwerfällt, sie so zu lieben, wie ein Premieminister es sollte, ich glaube nicht mehr, dass ich das Volk liebe, oh Gott, hier rede ich mich um Kopf und Kragen, jetzt bekommst du einen ganz und gar falschen Eindruck, natürlich liebe ich das Volk, aber vielleicht nicht jeden Einzelnen für sich, anders als früher, verstehst du, ich erkenne sie nicht wieder, wenn ich ihnen in die Augen sehe, denke ich manchmal, sie hassen mich und alles, wofür ich stehe, und das ist mir unbegreiflich. Ich bin doch ein ganz sympathischer Kerl, findest du nicht? Ist es nicht seltsam, mich zu hassen?

Doch, das ist schon seltsam, sagt Fvonk. Und du wirkst rundum sympathisch.

66) Hast du mal Macht gehabt, Fvonk?

Nein.

Gut für dich. Es ist natürlich eine interessante Erfahrung, aber halt dich bloß von der Macht fern. Teils ist sie berauschend, teils bringt sie viel Bestätigung, aber sie bedeutet auch Verpflichtungen. Wenn man keinen sauberen Grund hatte, an die Macht zu wollen, kommt das irgendwann heraus, und wenn man allzu sehr in ihr aufgeht, wird man zu einem unangenehmen Menschen. Wenn dramatische Situationen kommen, kann man sich nicht entziehen, sondern muss sie durchstehen, und auf längere Sicht kann man da schon mal an die Grenzen dessen geraten, was man kräftemäßig aushält. Am Ende kann man krank werden, wie es mir jetzt droht. Die Macht ist ein unheimlicher Genosse, man darf ihr nicht vertrauen, wird aber doch auf eigenartige Weise von ihr abhängig. Als ich die Herr-der-Ringe-Filme sah, habe ich mich echt wiedererkannt. Frodo wird von dem Ring angezogen, zugleich ist ihm aber auch klar, dass der gefährlich ist. Verwendet er ihn zu häufig, so erlangt er Gewalt über ihn, trotzdem kann er ihn nicht weggeben, ich hab richtig Gänsehaut bekommen, Fvonk, denn genau so ist es, und bei der nächsten Parlamentswahl will ich wieder gewinnen, obwohl es für mich persönlich besser wäre zu verlieren, ein fast unlösbares Dilemma. Ich müsste als Parteivorsitzender abtreten, aber ich kann nicht, denn Sauron hat Besitz von mir ergriffen, Fvonk, ich gehöre ihm mit Haut und Haar. Ich gebe diesen Ring nicht her, verdammt noch mal.

67) Hast du übrigens meine Magisterarbeit gelesen?, fragt Jens und bewegt affektiert den Kopf.

Nein, sagt Fvonk.

Solltest du mal. Sie ist gut. Ich habe damals eine sehr gute Note bekommen. Eine sehr gute. Die beste jemals errungene, wenn ich mich recht entsinne.

Jens dreht eine beinahe beleidigte Runde durchs Wohnzimmer.

Ich werde nicht schlau aus euch normalen Menschen, sagt er. Wenn du Premierminister würdest, ich würde sofort deine Magisterarbeit lesen. So bin ich eben. Aber euch normalen Menschen ist einfach alles egal.

Ich kann sie gern mal lesen, sagt Fvonk.

Das ist nicht dasselbe, jetzt, nachdem ich dich darauf hingewiesen habe.

Nein, stimmt, das ist nicht dasselbe.

68) Die schönste Abbildung in meiner Magisterarbeit, sagt Jens, heißt Abb. 1 und zeigt die prozentuale Steigerung des tatsächlichen Verbrauchs (c) im Verhältnis zum akkumulierten Staatsvermögen (m) im Jahr 2000. Sie verdeutlicht, wie sich das gesammelte norwegische Ölvermögen in guten und in weniger guten Zeiten entwickeln würde. Ich habe die Realität ganz gut getroffen, Fvonk, ich habe mich als eine Art Visionär erwiesen. Gott alleine weiß, wo ich heute wäre, wenn ich schon im Kindergarten eine spezielle Förderung erhalten hätte, ich bin ein absoluter Befürworter von Sonderklassen für hochbegabte Kinder, aber verrate bloß niemandem, dass ich das gesagt habe.

69) Wenn ich mit meinen Bodyguards draußen unterwegs bin, gehen wir oft das Diagramm von Abb. 1 ab. Hier, ich zeichne es mal für dich auf. So.

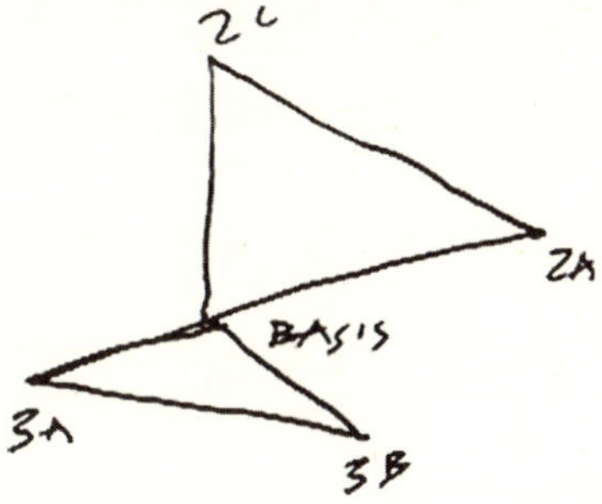

Die Bodyguards finden das natürlich eine seltsame Strecke, das kann ich ihnen ansehen, aber sie sind zum Glück zu professionell, um das zu kommentieren, es kann ihnen ja auch egal sein, wo wir langgehen, sie bekommen ihren Lohn so oder so. Sognsvann, Tryvannshøgda, Skjennungstua, Ullevålseter, Studenterhytta, zurück zur Skjennungstua und danach wieder zum Sognsvann. Und zack, schon haben wir Abb. 1 abgelaufen oder jedenfalls etwas, das ihr ziemlich nahekommt. Das vermittelt mir eine große innere Freude. Ich laufe einher und denke fröhlich an die verschiedenen Punkte, weißt du. Sognsvann steht für hohen Verbrauch und geringes Ansparen, Ullevålseter für sehr hohen Verbrauch und recht starkes Ansparen, Studenterhytta hingegen für geringen Verbrauch und enorme Sparanstrengungen. Da bin ich am liebsten. Der Regierungsärztin gegenüber habe ich das übrigens nicht erwähnt.

70) Fvonks folgende Tage verlaufen ganz normal. Keine Kontakte mit dem Arzt, einem Amt oder möglichen Arbeitgebern, keine Kontakte mit der Tochter, ja, insgesamt überhaupt keine Kontakte, weder mit Menschen noch mit Tieren, abgesehen von den paar Worten mit dem Angestellten, als er zu essen einkauft, und einem Stoß ins Kreuz, als er im Weinmonopol vor dem Regal mit den spanischen Weinen steht und unbedacht einen Schritt nach hinten tut, wodurch er mit einer vorbeigehenden Frau zusammenstößt, die nicht damit gerechnet hat, dass er sich bewegt. Fvonk entschuldigt sich, zugleich ist er aber dankbar für das Ereignis, denn er konnte gerade so ihre Wärme spüren, ah, die Wärme eines anderen Menschen, damit wird Fvonk kaum jemals wieder rechnen dürfen, höchstens ausnahmsweise, wenn er viel Glück hat, denkt er, oder eventuell gegen Bezahlung, oder aber wenn es ihm gelingt, sich beträchtlich zusammenzureißen und den Rücken durchzudrücken und etwas mit seinen Augen zu machen und mit seiner Einstellung zu den meisten Dingen, zu denen er überhaupt eine Einstellung hat, kurz gesagt, wenn er die Unkultur überwindet. Der hündische Blick, mit dem er herumläuft, dürfte weder Freunde noch gar Frauen anziehen, nicht mal unbedingt Hunde, denkt Fvonk.

71) Ohne Jens etwas davon zu verraten, läuft Fvonk bei seinen Skitouren ein paar Mal die Abb.-1-Tour ab. Eigentlich eine seltsame Strecke, aber warum auch nicht? Außerdem denkt er sich eine andere, viele längere Strecke nach demselben Muster aus. Sognsvann, Studenterhytta, Ullevålseter, Kikut, Varingskollen, Ullevålseter, Sognsvann. Er spürt, dass er das Muster des nationalen Ölvermögens abläuft, dass er auf diese Weise Verantwortung übernimmt und seinen Beitrag leistet und dass er so trotz allem etwas zurückgibt für all die Hilfe des Gemeinwesens, die er als Krankgeschriebener und Arbeitsloser erhält. Außerdem malt er. Er kommt wieder in Gang. Früher hat er figurativ gemalt. Bäume im Garten. Stillleben. Vor allem Äpfel und Tannenzapfen und getrocknete Blumen, aber auch vom Menschen geschaffene Gegenstände wie seine Wanderstiefel neben einem Stein, die Wollsocken darauf drapiert. Jetzt werden es eher abstrakte Gebilde, viele Farben, komplexe Formen, hart und dunkel, er fragt sich, was das wohl sein soll, und kommt nach und nach zu dem Schluss, dass er versucht, die Bausteine der Unkultur zu erfassen, ihre Atome, ihr innerstes Wesen. Mehrere seiner Werke sind düstere Fraktale. Sobald diese Gemälde trocken sind, steckt er sie in die Schublade. Sie dürfen nicht in die falschen Hände geraten. Die Schwangeren würden sie mit Sicherheit als Darstellungen von Fvonks Innerem und als Schuldeingeständnisse deuten.

72) Jens kommt weiterhin zu Besuch. Immer öfter. Auch an Abenden unter der Woche. Fvonk lässt die Tür zum Kellergeschoss offen, sodass Jens kommen und gehen kann, wie er mag. Häufig sagt er nicht besonders viel, nippt nur an seinem Tee, sein Favorit ist mittlerweile nicht mehr Morning

Detox, sondern La Femme Active. Ab und zu beobachtet er Fvonk stumm beim Aquarellieren, andere Male sehen sie zusammen fern, alles außer Politik und Umwelt, und je dümmer es ist, desto lieber ist es ihm. Eine Spielshow namens Wipeout – Heul nicht, lauf! wird mit der Zeit eine Art Lieblingssendung. Wenn die englischen Fettsäcke von den großen, gepolsterten Bällen herunterfallen und im Dreck landen, lacht er fröhlich.

Hier bei dir, Fvonk, bin ich ich selbst, sagt er mehrmals.

Ich auch, denkt Fvonk. Das Problem ist nur, dass er gern ein anderer wäre.

73) Eines Abends entdeckt Jens eine Holzkiste auf einer Stufe, als er die Kellertreppe hinaufgeht. Er nimmt sie gleich mal mit, so sehr fühlt er sich bei Fvonk schon zu Hause.

Was ist denn das, fragt er, als er die Kiste auf den Wohnzimmertisch stellt, das sieht spannend aus, mir war, als ob diese Kiste zu mir sprechen würde, als ich vorbeiging.

Das haben wir mal für Therese gekauft, als sie klein war, sagt Fvonk. Kleine Holzbausteine, stäbchenförmig, von einem Holländer mit Vollbart entwickelt, deinem gar nicht so unähnlich, abgesehen davon, dass seiner echt ist, das nehme ich jedenfalls an. Kapla heißen die.

Jens lauscht dem Wort nach. K-A-P-L-A, sagt er. Was macht man mit denen?

Man baut.

Was baut man?

Alles Mögliche. Die Bausteine sind so proportioniert, dass sie in allen Richtungen zueinanderpassen, ziemlich pfiffig. Offen gestanden dachten wir, sie würden Thereses Kreativität anregen, das war unsere Hoffnung. Sonst hätten wir ja nicht so eine große Kiste gekauft. 1000 Stück sind da drin. Eine ziemlich heftige Investition war das damals für uns, zumal für Spielzeug. Wir dachten, sie würde fantastische Gebäude bauen und ihr Gehirn würde sich ganz neu entwickeln, vielleicht würde sie ja Architektin werden. Aber das Geld war natürlich aus dem Fenster herausgeschmissen. Jetzt redet sie mit Hunden.

74) Nachdem er die Technik kapiert hat, baut Jens im Laufe einiger Abende einen Turm, der über eine dreißig, vierzig Zentimeter lange Brücke mit einem zweiten Turm verbunden ist. Ein hübsches, wenn auch relativ schlichtes Bauwerk, eines von denen, die man gebaut haben muss, um weiterzukommen. Seine Technik ist noch grundlegend, ohne jede Raffinesse, liegende Bausteine und stehende Bausteine. Die Brücke ist noch das Komplizierteste. Um ihr eigenes Gewicht zu tragen, muss sie eine gewisse Masse haben, und um das zu erreichen, muss Jens sie gradweise verstärken und zugleich dafür sorgen, dass der Druck von oben groß genug ist. Alternativ könnte er ein Gegengewicht einsetzen, aber das hat er noch nicht begriffen, man braucht eine Weile, bis man dahin gelangt, es erfordert ein paar winzige Neuschaltungen im Gehirn, die erst nach vierzig, fünfzig Bastelstunden stattfinden. Aber er ist vergnügt wie ein Spatz. Fvonk malt, Jens baut, im Wohnzimmer herrscht die reinste Harmonie. Als das fertige Bauwerk einen Tag lang gestanden hat, will Jens es einreißen.

Willst du es nicht noch ein paar Tage stehen lassen? Es ist so hübsch.

Diese Türme müssen fallen. Ich habe den ganzen Tag im Parlament gesessen und mir allen möglichen Unfug über die Auswirkungen von Öl- und Gasförderung im hohen Norden auf die Umwelt anhören müssen.

Jens tut so, als müsste er sich übergeben.

Ich konnte an nichts anderes denken als herzukommen und die Türme einzureißen.

Ja, ja, sagt Fvonk, manchmal muss der alte Baum sterben, damit der junge wachsen kann.

Jens sieht Fvonk an.

Du hast recht, sagt er. Du hast so, so recht. So ist es. Die Türme müssen weg, und zwar sofort.

Andächtig zieht Jens einen der untersten Kapla-Steine heraus. Das Bauwerk stürzt sukzessive ein, erst der eine Turm und die Brücke, dann der andere Turm. Das Ganze dauert zwei, drei Sekunden. Fvonk kann sehen, dass Jens einen Moment lauterer Freude erlebt.

Wahrscheinlich habe ich in meinem Leben zu wenig kaputt gemacht, sagt Jens. Ich baue immer und immer nur auf. Und jetzt bin ich krank geworden.

75) Kennst du die serbische Fluchtradition?, fragt Jens plötzlich, mitten in der Nacht, er sitzt an einem ziemlich vertrackten runden Gebäude, das offenbar vom Turmbau zu Babel inspiriert ist. Sie haben ein paar Gläser Wein getrunken, jeder ist seiner Arbeit nachgegangen und jeder hat für sich gespürt, wie gut es ist, jemanden zu haben, mit dem man einfach still sein kann.

Nein, sagt Fvonk, ich muss zugeben, davon habe ich noch nie gehört.

Überhaupt nichts?

Nein. Ich hatte bislang überhaupt wenig Kontakt mit der serbischen Kultur, vielleicht habe ich mal von einer Wandertour dort unten gehört, aber sicher bin ich nicht.

Von Wandertouren habe ich keine Ahnung, sagt Jens, aber die fluchen da unten ganz schön viel, das weiß ich, wir haben ja eine Zeit lang in Belgrad gewohnt, als ich ein Junge war, ich weiß nicht, ob dir das bekannt ist.

Nein, ist es nicht.

Freut mich zu hören. Oft denken die Leute, sie wüssten mehr über mich, als eigentlich der Fall ist, das ist eines der Probleme mit dem Ich-Sein.

Ja, sagt Fvonk.

Also an Belgrad, fährt Jens fort, habe ich schöne Erinnerungen, das sind feine, starke Leute, und ich hatte ein Kindermädchen, das ich sehr mochte.

Jens macht eine Pause, in der er ganz offensichtlich an das Kindermädchen denkt, wehmütig, so wirkt die Pause auf Fvonk.

Aber die Flucherei, sagt er, ist ganz schön heftig, um es vorsichtig zu sagen. Bevor das Unbegreifliche passierte, habe ich so gut wie nie mehr ans Fluchen gedacht, auch in den Wochen gleich danach nicht, es ging alles so schnell, wir hatten Rückenwind, die Apfelfrau hatte Gegenwind, aber dann wurde alles allmählich anders, die Gedanken änderten ihren Charakter, langsam, aber sicher, ich konnte es niemandem erzählen, die Stimmung war insgesamt so gut, all das Böse und Schreckliche schweißte uns ja zusammen. Mittlerweile vergeht kein Tag mehr, ohne dass ich ans Fluchen denke, und als ich das der Regierungsärztin erzählte, wurde sie ganz nachdenklich, das konnte ich genau sehen, aber eines sagte ich nicht, denn dann wäre sie noch viel nachdenklicher geworden, nämlich dass das Fluchen in meinen Alltag Eingang gefunden hat, aber nur ganz für mich, innerlich, alles andere, haha, wie hätte das denn ausgesehen. Ich fing vor ein paar Monaten damit an, und es dauerte eine Weile, bis ich bemerkte, dass es ein Zeichen für meine Erschöpfung war, verstehst du? Es gilt, auf die kleinen

Signale des Körpers zu achten, ich habe das jahrelang nicht getan und brauchte es auch nicht zu tun, denn ich sah ja gut aus, ich befand mich offensichtlich in einer Art Gleichgewichtszustand, es ging mir gut, viele Wanderungen, weißt du, sommers wie winters, eine stabile Beziehung, eine zusammengeschweißte Familie und all so was, und eigentlich war ich bis vor Kurzem positiv und engagiert und all das, was man sowieso sein sollte, erst recht als Premierminister.

Du schweifst ab, sagt Fvonk.

Ja, sagt Jens, ich bin ein bisschen zurückhaltend mit dem Fluchen selbst, merke ich, es ist irgendwie zu hässlich, und ich will nicht, dass du einen unpassenden Eindruck von mir bekommst.

76) Du musst deine eigenen Grenzen absolut einhalten, bemerkt Fvonk, aber es ist ein wenig irritierend, dass du angeblich über serbische Fluchgewohnheiten reden willst, aber wenn es dann zur Sache kommt, kneifst du. Da wäre es vielleicht besser, den Mund zu halten.

Jens blickt Fvonk nachdenklich an.

Ich meine nicht, dass du mir mehr erzählen sollst, als dir recht ist, sagt Fvonk, aber du könntest vielleicht darauf verzichten, interessante Sachen anzukündigen und mich dann sitzen zu lassen.

Ich höre, sagt Jens, ich höre, was du sagst. Er greift in die Kapla-Kiste und holt eine Handvoll Steine heraus.

77) Jens baut weiter und senkt die Stimme, als käme jetzt etwas besonders Heikles.

Wenn ich das Fluchen mit dir teilen soll, müssen wir erst eine Art Pakt schließen, sagt er.

Einen Pakt?

Ja. Wir sind ja im Laufe der letzten Wochen so was wie Freunde geworden, das lässt sich nicht leugnen, aber wenn ich dich in diesen dunklen Winkel meines Inneren mitnehmen soll, muss ich mit hundertprozentiger Sicherheit wissen, dass ich dir vertrauen kann.

Fvonk nickt angespannt. Er ist nicht restlos sicher, dass er ein Mann ist, dem man vertrauen kann.

Dann müssen wir diese Verbindung förmlich besiegeln, fährt Jens fort.

Wie meinst du das?

Dann müssen wir Freunde fürs Leben werden.

Wie soll das vor sich gehen?, fragt Fvonk.

Ich kenne nur eine Art, sagt Jens, und die besteht darin, Blutsbrüderschaft zu schließen.

Wir sollen Blutsbrüderschaft schließen?

Das werden wir müssen.

78) Als er am nächsten Morgen geht, nimmt Jens in einem leeren Marmeladenglas ein paar Blutstropfen von Fvonk mit, um sie von der Regierungsärztin untersuchen zu lassen.

Falls alles in Ordnung ist, sagt Jens, was ich natürlich annehme und hoffe, tun wir es nächstes Mal, wenn ich hier bin.

Fvonk nickt. Er findet, dass das möglicherweise doch recht schnell geht, und ist unsicher, ob er sich auf diese Weise binden kann, zugleich aber wünscht er sich sehr einen Blutsbruder. Das ist ja irgendwie noch mehr als ein Freund.

Dann musst du vollkommen ehrlich zu mir sein und ich zu dir, und was wir einander sagen, darf niemals herauskommen.

Fein, sagt Fvonk.

Ich brauche nämlich einen neuen Freund, das ist schon

länger so, ich brauche jemanden, bei dem ich »der andere Jens« sein kann. Ich habe gute Freunde, das ist es nicht, aber es gibt Dinge, die ich ihnen einfach nicht erzählen kann, im Lauf der Jahre bilden sich Muster heraus, Rahmen, und die Freundschaft kann nur innerhalb dieser Rahmen existieren, so kommt es mir jedenfalls vor. Neue Freunde sind etwas ganz anderes. Da kann alles passieren. Und du, Fvonk, du bist genau so jemand. Du kannst mein neuer Freund werden.

Tausend Dank, sagt Fvonk.

Sofern dein Blut in Ordnung ist, wohlgemerkt.

79) Die nächsten Tage hört Fvonk Klaviermusik und malt frenetisch. Die Schublade quillt von fraktaler Unkultur bald über. Auch trinkt er wesentlich mehr Wein, als er selbst und nicht zuletzt die Schwangeren akzeptabel finden. Er hat Angst vor seinem eigenen Blut. Was, wenn die Regierungsärztin etwas Unreines darin findet? Wer kann schon wissen, was sich zwischen den Blutkörperchen verbirgt, nach allem, was er duchgemacht hat? Er hätte das Blut nie weggeben dürfen. Jetzt verliert er seinen neuen Freund womöglich bereits, während die Freundschaft sich noch in der Startphase befindet. Er findet das ungerecht.

80) Freitagabend kommt Jens ins Wohnzimmer. Mit ernster Miene hält er etwas im Rücken versteckt. Ist es das Blut? Will er Fvonk sein verschmutztes Blut zurückgeben? Auf einmal macht sich ein Lächeln auf seinem Gesicht breit, und er holt eine Flasche Champagner hervor.

In deinem Blut ist nichts, was einer Vereinigung von mir und dir entgegenstünde, sagt Jens.

Fvonk schließt die Augen. Er ist so erleichtert, dass er am liebsten weinen würde.

Bring ein Messer, sagt Jens. Am besten ein besonders scharfes.

Und dein Blut?, denkt Fvonk. Soll er fragen? Nein. Er lässt das lieber so stehen. Falls Jens irgendwelche Krankheiten hat, bekommt Fvonk sie eben auch. Her damit, denkt er. Einen neuen Freund bekommt man halt nicht gratis. Kaum jemand bekommt so spät im Leben neue Freunde, nicht mal die Schwangeren.

Sie schneiden sich in den fleischigen Teil des Handballens, unterm Daumen, und drücken die blutenden Wunden aufeinander.

So, sagt Jens.

Jetzt sind sie Freunde fürs Leben, und der Champagnerkorken knallt.

81) Das serbische Fluchen, sagt Jens etwas später, ist hässlich, sogar sehr hässlich. Zugleich aber erfindungsreich und auf eine merkwürdige Weise sogar fast sympathisch, denn es sagt so viel, Fvonk, so unvergleichlich viel über den Fluchenden und eigentlich über das Leben insgesamt, finde ich, und es hilft mir wirklich, es beruhigt mich seltsamerweise, wie ein Medikament. Ich habe mir lange Fluchketten ausgedacht und verwende sie fast wie Gebete. Sie haben eine erquickende Wirkung.

Fvonk nickt gespannt.

Ich ficke deine Mutter, sagen sie zum Beispiel, sagt Jens, ich ficke deine tote Mutter und alle Beerdigungsgäste, und die Familie aus der ersten Kirchenbank, und die aus der zweiten, und jede Menge von denen, die hinten sitzen, den Pfarrer ficke ich extra lange, und den Kirchendiener und den Totengräber und den Hund, der auf der Kirchentreppe liegt. So geht das zum Beispiel.

Hoppla, sagt Fvonk.

Nicht wahr, sagt Jens, ganz schön heftig.

Hoppla, sagt Fvonk noch einmal.

Pfui Spinne noch mal, was für ein schlimmer Haufen, sagt Jens.

82) So, ich stelle also eigene Fluchketten zusammen, nach dem serbischen Modell, sagt Jens, so weit ist es mit mir gekommen. Das habe ich der Regierungsärztin nicht sagen können, mir ist schon klar, dass das nicht in Ordnung ist, und das erschreckt mich, das Fluchen, ich würde gern ohne auskommen. Bei langen Sitzungen kommt es vor, dass ich andere Politiker mit hineinnehme und mir lange Ketten von serbisch inspirierten Flüchen ausdenke, in die ich vorzugsweise, aber nicht ausschließlich, die Namen von sogenannten Meinungskontrahenten einbaue, besonders gern den richtigen Namen der Frau, die ich die Apfelfrau nenne. Aber auch die von anderen. Sogar von Leuten, die eigentlich auf meiner Seite stehen, ja, sogar aus meiner eigenen Partei. Seit dem schrecklichen Ereignis bin ich von einer Ungeduld erfüllt, einer Unruhe, ich weiß gar nicht, wie ich damit zurechtkommen soll. In Sitzungen bin ich unkonzentriert und ertappe mich dabei, wie ich dasitze und mir die grässlichsten Ketten von Flüchen ausdenke. Verglichen mit den richtig schlimmen, sind die, die ich dir eben aufgesagt habe, eigentlich Kinderkram. Ich bin völlig fertig, Fvonk, aber wegen dem Christen da, der nur an sich gedacht hat, kann ich mich nicht krankschreiben lassen, ich muss die Verzweiflung in mich hineinfressen und warten, dass sie vorübergeht, genau darum brauche ich einen neuen Freund, und ich bin froh, dass wir jetzt zu der Einigung gefunden haben, dass du das bist.

83) Jetzt habe ich aber viel geredet, sagt Jens, eigentlich bin ich ein guter Zuhörer, vielleicht ein mindestens so guter Zuhörer wie Redner, ein anderes Mal wirst du reden und ich zuhören, sind wir uns da einig?

Fvonk nickt.

Ich gehe jetzt schlafen. Gute Nacht, Bruder.

Dir auch eine gute Nacht, Bruder, sagt Fvonk. Ich hoffe, du kannst schlafen.

Ich denke schon, sagt Jens.

Und ich finde, du darfst es dir gönnen, extra lang zu schlafen, dieses eine Mal.

Findest du?

Ja, finde ich.

Haha, lange schlafen, lacht Jens, was für eine schräge Idee, du lockst mich auf Abwege, Fvonk, wer soll denn das Land regieren, wenn ich schlafe, hast du darüber mal nachgedacht, was, na, du bist vielleicht ’ne Nummer.

84) Fvonk nimmt Jens mit auf die große Abb.-1-Tour. Die Bodyguards folgen mit zehn, fünfzehn Metern Abstand. Jens liebt die Streckenwahl und rühmt Fvonk dafür, dass er im großen Maßstab denkt. Das ist Abb. 1 in ihrer schönsten Form, sagt er. Es ist so kalt, dass die Schwangeren sich nicht heraustrauen, Fvonk ist in Hochstimmung und redet mehr als sonst. Er erzählt von Thereses Mutter, die er liebte, die aber an einem Wespenstich starb. Sie hatte nicht gewusst, dass sie gegen Wespen allergisch war. Weniger als eine halbe Stunde dauerte es. Zack, war sie weg. Und er redet über Agnes mit all ihren ausgeprägten Macken und Phobien. Es war eigentlich nie mehr als eine Vernunftbeziehung gewesen. Therese kam gut mit ihr klar, und man weiß, was man hat, aber nicht, was man haben könnte und all das, und dass sie ihn verließ, als Fvonk den Lebensmut verlor, beweist ja eigentlich, dass sie ihn nie geliebt hatte. Jens hört zu, wie versprochen, und stellt verschiedene interessierte Nachfragen, wie man es von einem Blutsbruder erwarten kann.

Wo hast du damals gearbeitet?, fragt er.

Fvonk zögert.

Immer noch in der Sporthochschule?

Ja, lügt Fvonk.

Und dann hast du dich krankschreiben lassen?

Ich habe eine alte Sportverletzung, sagt Fvonk.

Aber jetzt wirkst du ganz gesund.

Ich bin aber völlig fertig.

Ähnlich wie ich?

Ja, irgendwie schon.

Sie laufen eine Weile schweigend weiter.

Wenn wir so laufen, bist du dann Jens oder »der andere Jens«?, fragt Fvonk.

Zusammen mit dir bin ich immer »der andere Jens«, sagt Jens. Und du bist der Einzige, bei dem ich das bin, vergiss das nicht.

Fvonk lächelt, als sie oben zur Studenterhytta abbiegen. Hier ist geringer Verbrauch und großes Ansparen, sagt er. Der beste Punkt von allen.

85) Als sie auf der Tryvannshøgda Orangen essen, wird Jens wieder schwermütig.

Wenn ich anhalte, kommen sofort die Gedanken, sagt er. Und das Fluchen. Sofort. Ich muss mich unablässig bewegen. Der reinste Fluch ist das.

Geht das auch konkreter, fragt Fvonk.

Die Apfelfrau hat wohl schon recht, wenn sie sagt, dass wir das Ergebnis bei der Kommunalwahl letztes Jahr einer Sympathiewelle zu verdanken haben, sagt Jens. Wir waren das direkte Ziel der Attentate. Aber jetzt ist etwas Zeit vergangen, und auf einmal ist es legitimer geworden als vorher, seine Fremdenfeindlichkeit zuzugeben. In der Tiefe des Volkes gibt es Strömungen, die sich nicht mehr stoppen lassen. Hast du mal gesehen, was die Leute schreiben, Fvonk? Ein Haufen gebildeter Leute da draußen, Zahnärzte und Akademiker und all so was, und was die schreiben … das ist wirklich kaum zu glauben. Dass der eine oder andere aus der breiten Masse ein leichtes Opfer für Manipulation und Hetze ist, das ist ja nicht neu, aber dass es sich jetzt auch noch in den Schichten verbreitet, auf denen die Gesellschaft ruht, das macht mich ganz krank. In einer Zeit, in der ich mehr denn je auf die Barrikaden gehen und diese Geschwulst bekämpfen müsste, bin ich ganz und gar kraftlos. Ich fühle mich schwach, Fvonk, nie zuvor habe ich mich so ohnmächtig und schwach gefühlt.

Fvonk nickt und nimmt Jens' Orange, um die restliche Schale zu entfernen. Das Orangenschälen war ganz ins Stocken geraten.

Ich verfüge über keine Mittel, um diesen Wahnwitz zu stoppen, Fvonk. Ich fühle mich ohnmächtig und will wie gesagt nur noch schlafen. Und ich will so gern in den Süden reisen. Ganz ohne Termine und Verpflichtungen. Aber das kann ich nicht öffentlich sagen. Dass es mir schaden würde, ist eine Sache, mit der ich letzten Endes leben könnte, aber es würde den gesamten Parteiapparat und die Regierung beschädigen, der ich vorstehe.

Ich glaube, wir sollten weiterlaufen, sagt Fvonk.

Da hast du recht, sagt Jens. Bewegung ist die Lösung. Unaufhörliche Bewegung.

86) Laut seiner schicken Satellitenuhr läuft Fvonk in dieser Woche 135,47 Kilometer Ski, verteilt auf fünf Touren. Auf dem Heimweg von einer dieser Touren fasst er wie üblich den Vorsatz, in der Sporthochschule vorbeizuschauen, doch als er sich ihr nähert, stehen die Schwangeren vor dem Haupteingang, ein ganzes Grüppchen hat sich versammelt, um ihn am Eindringen zu hindern, so empfindet er es, wie eine Streikwache patrouillieren sie vor dem Eingang, mit kleinen, femininen Schlagwaffen versehen, sie werden es verhindern, dass die Unkultur sich in den Ausbildungsstätten verbreitet.

Die Schwangeren blicken Fvonk drohend an, eine schüttelt die gereckte Faust. Das ist mehr, als Fvonk ertragen kann. Er läuft nach Hause, die Skier in den Händen, duscht und zieht sich um, und dann sitzt er zitternd und mucksmäuschenstill in seinem Sessel und wartet, dass es dunkel wird.

87) Die Abende, an denen Jens nicht kommt, werden für Fvonk immer anstrengender. Er fällt wieder seiner alten Einsamkeit anheim. Trinkt Wein und werkelt mit seinen Wasserfarben. Das Malen, anfangs eine willkommene Abwechslung, bekommt etwas Manisches. Eines Abends

denkt er, er würde Blut in einem Teil seines Stuhls sehen, betätigt aber unwillkürlich im selben Moment die Spülung, er kann also nicht ganz sicher sein. Stattdessen überträgt er den Anblick in seine Aquarellwelt. Die Unkulturfraktale mischen sich mit Stuhlgang, an dem etwas Rotes ist, viel Rotes und viel Wasser. Es fließt übers Papier.

88) Die Schwangeren rufen an, um Fvonk mitzuteilen, dass sie sein Tun und Lassen im Auge behalten. Sie sagen nichts, es ist still in der Leitung, dann legen sie jäh auf. Fvonk reagiert, indem er die Rollläden hinunterlässt.

89) Eines Abends, als Fvonk ein besonders düsteres Bild malt, kommt Jens die Treppe herauf. Er hat eine Schachtel mit bunten Kapla-Steinen dabei. Offenbar war er auf Reisen. Er stellt sich vor Fvonks Bild und betrachtet es.

Was malst du eigentlich? Es sieht immer ziemlich gleich aus.

Ich male Unkultur, sagt Fvonk.

Was ist das hier?

Er deutet auf einen Punkt auf dem Bild.

Unkultur.

Und diese Kreise hier?

Auch Unkultur.

Interessant, sagt Jens. Das trifft den Nerv der Zeit. Die Unkultur greift um sich. Du hast wirklich Fühlung zu dem, was so vorgeht.

90) Jens macht die Schachtel mit den Farb-Kaplas auf und beginnt ein ehrgeiziges Bauprojekt. Es klingelt. Fvonk öffnet die Tür. Die Bodyguards wollen nur wissen, ob Jens bei ihm ist. Sie gehen wieder nach unten. Beruhigt.

Es stresst mich wahnsinnig, dass die unbedingt immer wissen müssen, wo ich bin, sagt Jens. Ich muss eigentlich sogar sagen, es ruiniert meine Lebensqualität, sie verfolgen mich ja buchstäblich, wo ich gehe und stehe, du kannst dir vorstellen, wie lästig das ist. Früher war das nicht so, da bin ich mit dem Fahrrad herumgefahren, sozusagen wohin ich wollte, aber jetzt wittern sie überall Gefahr, alles wird überwacht, sogar bei meinem Blutsbruder werde ich überwacht, mit dem Ergebnis, dass ich selbst allzu vorsichtig werde, das ist doch nicht auszuhalten, ich trage hier drinnen eine große Sehnsucht, Fvonk, er schlägt sich aufs Herz, hier drinnen, eine Sehnsucht vor allem nach Freiheit, Freiheit, Fvonk, das ist ein großes Wort, denk mal daran, was unsere Väter für unsere Freiheit geopfert haben, das ist keine Kleinigkeit, und dennoch bin ich unfrei, es ist paradox. Gestern in Kapstadt wurde bei einer Zeremonie die südafrikanische Nationalhymne gespielt, ich hab die Tränen nicht zurückhalten können, Nkosi sikeleli Afrika, ich hab aus voller Kehle mitgesungen, es war stark. Free Nelson Mandela, sage ich nur. And free mich.

91) Ich kann mir nicht vorstellen, noch einmal fünf Jahre lang diese Verantwortung zu tragen, sagt Jens nach ein paar Minuten Pause, das spüre ich überwältigend stark, es gibt gar nicht genug Flüche auf der ganzen Welt, ich werde auf dem Trockenen sitzen. Premierminister zu sein, ist natürlich eine Erfahrung, die man mitnehmen möchte, macht sich auch gut im Lebenslauf, aber gerade jetzt kommt mir das eine Jahr der Legislatur, das noch bleibt, schon nicht zu bewältigen vor, ganz zu schweigen von fünf weiteren Jahren. Wenn die Apfelfrau es nächstes Mal wieder nicht schafft und ich noch mal für fünf Jahre ranmuss, verliere ich den Ver-

stand. Hab ich eigentlich schon. Aber das weißt du als Einziger.

92) Du Armer, sagt Fvonk und schenkt ihm La Femme Active nach. Er hat es diese Woche nicht ins Weinmonopol geschafft, weil die Schwangeren draußen standen und ihn weggemobbt haben.

Die Situation ist völlig verfahren, sagt Jens, ich weiß mir keinen Rat mehr, ich kann mir selbst nicht näherkommen, ohne die Partei zu schädigen, und ich kann nicht mein Bestes für die Partei und die Regierung geben, ohne mich selbst zu schädigen, und zugleich kommen die dunklen Kräfte in der Gesellschaft hoch. Lord Voldemort kommt zurück. So ist das.

Jetzt jammerst du, sagt Fvonk.

Ja, ich jammere, sagt Jens, wie die meisten Leute, ich muss auch mal jammern dürfen. Es beeindruckt dich vielleicht nicht weiter, aber ich sitze in einer unlösbaren Zwickmühle. Wenn ich krank bin, schade ich der Partei, und wenn ich so tue, als ob nichts wäre, explodiere ich.

Hast du mal an die Möglichkeit gedacht, dass du vielleicht an deiner Politik zweifelst?, fragt Fvonk.

An der zweifle ich bestimmt nicht, ich mache eine fabelhafte Politik.

Ist alles, was du getan hast, in Ordnung?

Das allermeiste.

Afghanistan?

Sag mal, wählst du die Roten?

Nein, aber es muss ja erlaubt sein zu fragen, ich hoffe, innerhalb der Partei tut ihr das auch.

Darüber kann ich nicht reden, das halte ich nicht aus, sagt Jens.

Was ist mit den Ölbohrungen im hohen Norden?

Halte ich nicht aus.

Wird jetzt gebohrt oder wird nicht gebohrt?

Klar wird gebohrt, aber jetzt spielen wir erst mal ein kleines Spiel, bei dem wir so tun, als wären wir zurückhaltend und hätten Angst um die schöne Natur und die Umwelt (tut so, als müsste er sich übergeben), aber natürlich muss das Öl hoch, alles muss hoch, und wenn ich eigenhändig dafür sorge. Sei nicht naiv, Fvonk, es führt kein Weg zurück, Wachstum ist ein Wort, das verpflichtet, viele können das nicht begreifen, und ein paar Leute wollen lieber überhaupt kein Wachstum, willst du kein Wachstum, Fvonk, willst du keinen Wohlstand?

Doch, jedenfalls in einem gewissen Maße.

Da siehst du's. Die Lecks und Blow-Outs werden in den ersten Tagen ein bisschen hässlich aussehen, aber die Natur auf längere Sicht kaum beeinträchtigen, das sagt auch Jonas. Es ist viel weniger riskant, da oben zu bohren, als manche glauben, die Umwelt wird glänzend damit zurechtkommen (tut so, als müsste er sich übergeben), die Umwelt kommt absolut strahlend ohne uns zurecht (tut wieder so, als müsste er sich übergeben). Lustig, ich kann Natur sagen, ohne dass ich kotzen muss, aber wenn ich Umwelt sage (tut abermals so, als müsste er sich übergeben), muss ich kotzen, haha, wo ist denn da die Logik? Das ist krank, Fvonk. Ich bin krank und alles ist krank.

93) Momentchen, sagt Jens, jetzt rede ich schon wieder die ganze Zeit nur über mich, das geht doch nicht, Fvonk, wir müssen auch ein bisschen über dich reden, wie war deine Woche, erzähl mir was aus deiner Woche.

Meine Woche, sagt Fvonk, war eigentlich eher nicht so ereignisreich.

Tut mir leid, sagt Jens, heißt das, du hast nichts zu erzählen?

Nein, eigentlich nicht, ich hab meistens drin gesessen.

Klingt doch gemütlich.

Tja. Und ein paar Skitouren hab ich gemacht.

Ah, du Glückspilz.

Ja, du hast leicht reden.

Ich liebe es, auf Skitour zu gehen, sagt Jens, ich liebe es.

Und dann wollte ich ins Weinmonopol, aber die Schwangeren haben mich daran gehindert.

Die Schwangeren haben dich daran gehindert?

Ja. Sie benehmen sich überhaupt ziemlich bedrohlich, wenn sie mich sehen. Und sie rufen an, ohne etwas zu sagen. Sie atmen nur in den Hörer.

Ich finde auch, dass Schwangere unheimlich sind, sagt Jens, aber du darfst nicht vergessen, dass sie einen wahnsinnig wichtigen Job machen. Sie halten die Räder am Laufen. Wir sind so wenige in diesem Land, wir brauchen jedes einzelne Kind, das wir kriegen können.

Trotzdem, sagt Fvonk.

Jens nickt.

Die Schwangeren sollten sich auf jeden Fall zu schade dafür sein, andere Bürger einzuschüchtern, sagt er, wir haben ihnen wohl zu viel Spielraum gegeben. Vielleicht sind sie ein bisschen verwöhnt.

Vielleicht kannst du mit ihnen reden?, fragt Fvonk, sie hören doch sicher auf dich, weißt du, du als Staatschef und so.

Mit den Schwangeren reden?, fragt Jens, haha, im Leben nicht!

94) Zum letzten Mal restlos frei gefühlt, sagt Jens, habe ich mich 2010. Ich war in New York bei irgendeiner UNO-

Sache, du weißt ja, da laufen immer irgendwelche Resolutionen und Sachen, und da finden sie es klasse, wenn mal die Staatschefs selbst kommen und nicht immer nur ihre Außenminister schicken. Wir haben ja in Jonas einen absolut tüchtigen Außenminister, er ist sogar eine Art Freund von mir, effektiver Typ, erschreckend gute Umfragewerte, manchmal sogar bessere als ich. Aber die UNO möchte also, dass die Staatschefs ab und zu mal selbst auftauchen und den Diskussionen und Beschlüssen ein bisschen Glanz verleihen. Ist ja auch verständlich, die sind die ganzen Außenminister irgendwann auch mal leid, wenn du verstehst, was ich meine, das sind ja so Typen für sich, aufgeblasen und braun gebrannt und glatt. Aber auf dem Heimweg passierte etwas ganz Wunderbares, erinnerst du dich an den Vulkanausbruch auf Island?

Ja, an den erinnere ich mich, sagt Fvonk, da waren gewaltige Kräfte am Werk.

Ja, bewahre, sagt Jens, ganz gewaltige Kräfte, aber das Segensreiche an diesem Vulkanausbruch war, dass wegen der Asche, die er in die Atmosphäre geblasen hat, der Flugverkehr lahmgelegt war, das kam für mich wie bestellt, ich fühlte, ja, weißt du, was ich fühlte, Fvonk, ich fühlte, dass meine Gebete erhört worden waren, dass da oben jemand war, eine Kraft, ich weiß nicht, irgendetwas, das mich sah und verstand, es ist so schön, gesehen zu werden, und es ist fantastisch, wenn ein Raum entsteht, in dem man sich sonst nicht befinden würde. Man müsste eigentlich woanders sein, wird aber daran gehindert, und das erschafft einen eigenen Raum, den es sonst nicht gibt, verstehst du, und in diesem Raum ist man frei, ganz und gar frei.

Ich verstehe, sagt Fvonk.

Und weißt du, was ich da gemacht habe, fragt Jens.

Nein, sagt Fvonk.

Ich bin selten so zynisch wie an dem Tag damals, haha, ich weiß nicht, was da in mich gefahren war, aber ich bin wohl, wenn ich die Wahrheit sagen soll, an einem Punkt in meinem Leben, wo ich das eine oder andere so gründlich satthabe, ich sehne mich nach mir selbst, um es etwas pompös zu sagen, und so eine Sehnsucht gehört zu den Dingen, die ein Premierminister für sich behalten muss, das verstehst du ja sicher.

Ja, das verstehe ich, sagt Fvonk.

95) Während ich also auf diesem Flugplatz saß und wartete, fuhr ein Teufelchen in mich, und ich nahm so ein elektronisches Dings raus, das ich kurz zuvor angeschafft hatte.

Ja, ich weiß noch, das habe ich im Fernsehen gesehen, sagt Fvonk.

Ganz genau, sagt Jens, genau darum nahm ich es zur Hand, ich wusste genau, dass die Fotografen es sofort aufnehmen würden und dass die Journalisten, diese Jagdhunde, genauso schnell über mein Interesse an innovativer Elektronik, neuen Medien und weiß ich was schreiben würden, also hab ich irgendwas getwittert, das die Situation erklärte, und nachdem ich auf diese Weise dafür gesorgt hatte, dass meine Anwesenheit auf diesem Flugplatz rundum dokumentiert war und alle hier zu Hause wussten, dass ich dort gestrandet war und nicht von der Stelle kam und dass das nicht meine Schuld war, tat ich so, als ob ich auf die Toilette gehen würde, und da drinnen legte ich mir den Bart an und verließ ungesehen den Flughafen.

96) Das war ein herrliches Gefühl, Fvonk, haha, das war ja so schön, ich kann dir sagen, da hatte ich mir ein paar Stun-

den für mich verschafft, das hatte es seit Jahren nicht gegeben. Ich wanderte ganz für mich allein durch die Straßen der Großstadt, von einem Ohr zum anderen grinsend, und als nach einer Weile das Telefon frenetisch losklingelte, sagte ich zu meinem Persönlichen Referenten, er solle alle anderen beruhigen, mir gehe es gut und sie sollten mir eine SMS schicken, wenn die Asche am Himmel sich genug verteilt hatte, dass das Flugzeug über den Atlantik fliegen konnte, er hörte das gar nicht gern, die Sicherheitsleute waren schier verzweifelt, so viel machte er mir klar, aber jetzt, da es mir gelungen war, sie abzuhängen, hatte ich ganz gewiss nicht die Absicht, dem Druck nachzugeben, also machte ich ihm deutlich, dass ich nichts mehr von ihnen zu hören wünschte, bevor das Flugzeug startklar war. War das nicht klasse von mir, Fvonk, findest du nicht, ich war ein Teufelskerl?

Schon.

Und dann wanderte ich umher und mischte mich unters gewöhnliche Volk, hörte einem Typen zu, der auf leeren Fässern trommelte, gab ihm ein paar Dollar, dann schloss ich mich einer Führung durchs Naturhistorische Museum an, die haben einen Riesenwal da, Fvonk, einen enorm großen, so groß wie ein Straßenbahnwagen, ich musste richtig lachen, so groß war der, der hängt da an der Decke, und dann kaufte ich ein paar seltene Raubkopien von ein paar Dylan-Platten von einem Mann auf der Straße, ich fand ihn ziemlich vertrauenerweckend, obwohl er eine andere Hautfarbe hatte als ich, in einem anderen Leben hätten wir Freunde sein können, wenn du verstehst, sein Bruder saß im Gefängnis, der Ärmste, erzählte er, also musste er etwas dazuverdienen für die Schwägerin und die vier Kinder, von denen mindestens zwei Asthma hatten, wenn ich recht verstanden habe, und ihr Vater, also der Bruder von dem, mit dem ich sprach, saß für irgendwelche Kleinigkeiten ein, aber verdammt lange, das hat mir Eindruck gemacht, kannst du dir vorstellen, wie sich die Menschen da draußen plagen müssen, ich lebe ja dermaßen beschützt, die meisten Norweger tun das, aber die Menschen im Ausland haben es wirklich schwer, wir lesen darüber in der Zeitung oder hören es in den Nachrichten, aber es mit eigenen Augen zu sehen, Fvonk, das ist heftig, das geht einem nahe.

97) Danach kam ich an ein paar Prostituierten vorbei, die mir anboten, ich könne doch mit ihnen kommen, ich sollte mir aussuchen, welche ich wollte und alles Mögliche, sie waren freundlich und zuvorkommend und übrigens auch ziemlich sexy, aber das ist nicht mein Stil, weißt du, nicht, dass ich gar keine Lust gehabt hätte, aber es bringt so viel Umstand mit sich, ich lüge nicht gern, also sagte ich höflich nein danke, aber es gefiel mir, wie sie mich Big Boy nannten, das muss ich zugeben, aber mich darauf einzulassen, wäre nicht meine Art gewesen, ich bin ein monogamer Typ, Fvonk, aber die Möglichkeit, die schiere Möglichkeit, dass ich gekonnt hätte, wenn ich gewollt hätte, dass ich sozusagen mitten in der Wahlmöglichkeit stand, das war belebend, ich spürte, dass ich lebte, und das hatte ich lange, ja sehr lange, viel zu lange nicht mehr gespürt. Den ganzen Abend während meines Spaziergangs fand ich, dass alle, denen ich begegnete, meine Freunde waren, und als ich müde wurde, setzte ich mich auf eine Bank, ein bisschen weggedöst bin ich dann wohl auch, das soll man wohl nicht tun, begriff ich, denn ein Polizist weckte mich und er fragte, ob alles okay sei, er war die Freundlichkeit selbst, aber schlafen durfte ich auf der Bank nicht, sagte er, was ich an sich verstehen kann, die Leute sind dann unsicher, ob einer

lebt oder tot ist, ein paar Regeln braucht man einfach in einer Großstadt.

98) Vom Hundertsten ins Tausendste, sagt Jens, nachdem er sich selbst in den Abendnachrichten gesehen hat. Ich denke oft, dass ich nicht fotogen bin. Die Leute um mich herum finden natürlich, ich bin es, aber manchmal weiß ich nicht so recht. Die meisten sagen zu Leuten in hoher Position alles Mögliche Nette. Ich bin von Jasagern umgeben.

Ich finde, du machst dich gut vor der Kamera, sagt Fvonk. Du wirkst vital und frisch. Wenn ich etwas Negatives sagen müsste, wäre das höchstens dieses Nicken.

Was meinst du?

Du nickst ziemlich viel, wahrscheinlich, um das Gesagte zu unterstreichen, so wirkt es.

Das tu ich nicht.

Doch, tust du, und da es nicht immer gut mit dem koordiniert ist, was du sagst, wirkt es manchmal etwas unkontrolliert.

Unkontrolliert ist es keinesfalls.

Nein, wahrscheinlich nicht, also die kurze Antwort ist, ich finde, du machst dich gut vor der Kamera.

Jens schweigt. Er sieht Fvonk von der Seite her an und knirscht mit den Zähnen.

Findest du mich öde, fragt er, findest du mich einen langweiligen Typen?

Nein, absolut nicht, sagt Fvonk, auf keinen Fall.

Doch, sagt Jens, du findest mich tüchtig, letztlich aber farblos.

Nein, sagt Fvonk.

Du findest mich einen laschen Typen aus Oslo Westend, dem der Aufstieg leicht gemacht wurde und der den Kontakt zum Volk verloren hat, das findest du.

Wo nimmst du das her, fragt Fvonk, so denke ich absolut nicht. Ich mag dich.

Klar musst du das jetzt sagen, sagt Jens, aber ich bin sicher, eigentlich findest du mich eher blass.

Fvonk will dagegen protestieren, aber Jens erhebt die Hand, er will nichts davon hören, er trinkt den Tee aus und steht auf.

So so, sagt er, ich gebe die ganze Zeit Dinge von mir preis, und was bekomme ich zurück? Wenn das so läuft, mag ich nicht mehr, dann kannst du nicht mehr mein neuer Freund sein.

Türeschlagend verlässt er Fvonks Wohnung.

99) Fvonk ist bestürzt, er ist verwirrt, dieses Verhalten übersteigt sein Fassungsvermögen. Er, Fvonk, ist nicht in den psychologischen Wissenschaften bewandert, er hat keine Fachbücher darüber gelesen, was sich tief drinnen in den Irrgängen des menschlichen Gehirns verbergen kann, Fvonk versteht sich auf Sport und auf die Geschichte des Sports, nicht auf die menschliche Psyche, diese Wahl hat er vor langer Zeit getroffen, er hat nichts damit zu schaffen. Aber das, was eben passiert ist, gefällt ihm nicht. Was es auch gewesen sein mochte, ein Fortschritt in Jens' und seinem Verhältnis war es jedenfalls nicht. Das musste ja zu Problemen führen, Herrgott, ein deprimierter Premierminister als Mieter im möblierten Zimmer, das muss ja unweigerlich zum Teufel gehen. Schon als die Hosenanzugsfrau auftauchte, hatte er nichts Gutes geahnt, ganz genauso wie damals, als seine Kollegen im Geher- und Fitnessverband in den Ecken flüsterten und tuschelten, da spürte er eine Unruhe, begriff aber nicht, was sie zu bedeuten hatte. Die Unkultur hat viele Gesichter, man kann sich nie innerlich

zurücklehnen, ein Lächeln ist nicht unbedingt ein Lächeln. Fvonk fühlt sich klein und manipuliert, wie ein Kind, ich bin ein Kind und allein zu Haus, denkt er, während er wieder mal ein Wasserfarbenfraktal aus der Hölle malt.

100) In derselben Nacht, als alles schläft, klopft jemand an die Tür, hart, in einem Rhythmus, den Fvonk als unkontrolliert und somit verschwommen unheilverheißend empfindet. Er steigt aus dem Bett, was soll das jetzt wieder, zieht Morgenmantel und Pantoffeln an, es ist übrigens weniger fußkalt, seit der Staat die möblierten Zimmer umgebaut hat, das kann der Staat ganz offenbar, also bauen, der Staat kann bauen, denkt Fvonk, während er durch den Flur zur Haustür geht und dort, nicht ganz ohne eine gewisse Irritation in der Stimme, ruft, wer ist da?

Ich bin's noch mal, Jens, dein Blutsbruder.

Fvonk hat keine große Lust, aufzumachen, macht aber auf, immerhin steht da draußen der Premierminister, also die Staatsmacht.

Jens fällt ihm um den Hals.

Du musst bitte entschuldigen, sagt er. Ich hab fast nicht schlafen können, bist du mir böse, ich weiß nicht, was in mich gefahren war, können wir nicht sagen, Schwamm drüber und wir vergessen das?

Fvonk löst sich aus der Umarmung und sieht Jens lange an.

Du gibst also zu, dass das unangemessen war?

Oh ja, das war es, vollkommen unangemessen, ich war sauer, weil du sagtest, ich würde unkontrolliert nicken, und da habe ich dir Meinungen untergeschoben, die du gar nicht hast, das muss ich auf meine Kappe nehmen, es geht da gar nicht um dich, sondern um mich, ich bin nicht mehr ich selbst und sage Dinge, die ich gar nicht sagen will, das ist nicht gut.

Nein, das ist wirklich nicht gut, sagt Fvonk, du solltest dich krankschreiben lassen.

Genau das kann ich ja nicht, sagt Jens, da hast du das ganze Dilemma in einer Nussschale, da siehst du, womit ich mich herumschlagen muss, weckt das nicht dein Mitleid?

Schon, sagt Fvonk, jedenfalls in einem gewissen Grad.

Jens' Unterlippe bebt.

Können wir bitte wieder Freunde sein, fragte er, bist du wieder mein neuer Freund?

Jaja, sagt Fvonk, aber so ein Verhalten lasse ich mir nicht noch einmal gefallen.

Das ist in Ordnung.

Und im Fernsehen nickst du unkontrolliert beim Reden.

Ich weiß, sagt Jens.

101) In der Nacht auf Montag klopft es erneut an der Tür. Fvonk steht auf, jetzt schon routinierter, wie ein frischgebackener Vater, der bereits einen leichteren Schlaf hat, die Ohren stets nach Geräuschen aus dem Kinderzimmer gespitzt.

Ich hab so komisch geträumt, sagt Jens, er steht unten an der Treppe.

Ich dachte, du bist in der Nacht auf Montag sonst nicht hier, sagt Fvonk.

Sonst nicht, sagt Jens, aber ich hab noch etwas Zeit für mich gebraucht, ich war noch nicht wieder bereit, in die Wirklichkeit zurückzufahren.

102) Sie sitzen am Küchentisch, Tee ist serviert, und Jens hält die Tasse mit beiden Händen, etwas mädchenhaft. Hör dir das mal an, sagt er, ich hab geträumt, ich müsste pinkeln, da entdeckte ich, dass Blut und etwas Gewebe in einer Art Blase aus der Spitze von meinem Schniedel hing, es sah fies aus und ich wollte nicht, dass meine Frau das sieht, also hab ich's rausgezogen, ganz langsam, die Harnröhre kam mit raus, schon an dem Punkt hatte das etwas ziemlich Verstörendes, wenn du verstehst, was ich meine, es beunruhigte mich, um es so zu sagen, wie ich da stand, meine Harnröhre

in der Hand, ich versicherte mich, dass meine Frau in eine andere Richtung schaute, warf das Ganze in den kleinen Badezimmermülleimer und atmete erleichtert auf. Aber später, als ich wieder pinkeln musste, wurde mir klar, dass ich eine Dummheit begangen hatte, denn ohne Harnröhre würde der Urin sich ja im ganzen Körper verteilen, und das war sicher ungünstig, dachte ich, also hielt ich zurück und hielt zurück, und am Schluss war es nicht mehr auszuhalten, und ich sagte zu meiner Frau, dass ich eine Skitour machen würde, aber stattdessen fuhr ich ins Krankenhaus, das völlig überfüllt war, und als ich einer vorüberkommenden Krankenschwester erklären wollte, was mir fehlte, wurden alle still und hörten mir zu und erkannten mich, und die Krankenschwester erklärte kühl, das klinge ja nicht besonders schlimm und ich solle mich schön hinsetzen und warten wie alle anderen. Im Wartezimmer fand ein Festival mit mehreren Hundert Animationsfilmen statt, von Studenten gemacht, ich versuchte, ein paar davon anzuschauen, aber ich konnte mich nicht richtig entspannen, und jetzt musste ich wirklich pinkeln und bedauerte mehr als je zuvor, dass ich meine Harnröhre in den Müll geworfen hatte. Was sagst du dazu?

Ganz schön schräg, sagt Fvonk.

Was glaubst du, was soll das bedeuten?

Ich weiß wirklich nicht, sagt Fvonk, vielleicht etwas mit dem Gesundheitswesen und dieser fürchterlichen Warterei auf OP-Termine, die bei uns gang und gäbe ist.

Meinst du wirklich?

Möglich wäre es jedenfalls.

Scheiße, ich muss etwas gegen diese Warteschlangen machen, aber ich hab in der letzten Zeit an so vieles denken müssen, ich kann nicht überall sein.

Es gibt sicher mehr als genug, an das du denken musst.

Das kann man wohl sagen. Die anderen Minister haben nur ihre Spezialgebiete, aber ich habe alles, Fvonk, das ganze Spektrum, In- und Ausland und Terror und Fische und Vögel und Sozialmissbrauch und Umwelt (tut so, als müsste er sich übergeben).

Ich habe alles, wiederholt er, und alles, das ist ganz schön viel.

Ja, alles ist viel, sagt Fvonk.

Aber so einen Traum muss ich ernst nehmen, ich muss etwas tun, weißt du was, ich rufe die Gesundheitsministerin an, jetzt sofort, schau hier, ich hab ihre Nummer auf Kurzwahl gespeichert.

Anne-Grethe? Hallo, Genossin, hehe, ich bin's. Ja, ich weiß, es ist spät, oder auch früh, je nachdem, du hör mal, ich hab nur gerade über die Warteschlangen bei OP-Terminen nachgedacht, verdammt noch mal, das geht doch nicht, da müssen wir etwas unternehmen, wir sind das reichste Land der Welt und all so was, nicht wahr, nein, ja, okay, reden wir morgen drüber, first thing, wie man so sagt, ganz deiner Meinung, ja, haha, das wird der Opposition das Maul stopfen, denke ich, dann ist das abgemacht, schlaf schön.

Jens blickt Fvonk triumphierend an.

Das wär mal das, sagt er.

103) In dieser Woche kommt Fvonk überhaupt nicht vor die Tür. Die Schwangeren patrouillieren neuerdings auf der Straße, sie sind schlau wie die Füchse, schicken im Stundentakt eine um die andere los, aber Fvonk durchschaut sie, er begreift, dass sie ihn diskret unter Aufsicht halten, auch am Fenster zeigt er sich so wenig wie möglich, er will ihnen die Befriedigung nicht gönnen, ihn verängstigt zu sehen, jetzt

können sie sich wundern, denkt er, haha, jetzt können die Schwangeren sich verflucht noch mal wundern.

104) Am helllichten Vormittag klingelt es, und Fvonk tut instinktiv so, als ob er nicht zu Hause wäre. Das müssen auf jeden Fall die Schwangeren sein, wer sonst. Es klingelt wieder. Und noch einmal. Fvonk schleicht auf Zehenspitzen zur Eingangstür und blickt verstohlen durch die Butzenscheibe. Er sieht die Umrisse einer Person, die nicht schwanger wirkt, aber Butzenscheiben trügen, er kann nicht erkennen, wer das ist. Allerdings scheint der oder die Betreffende Fvonks Nase und Wange zu sehen, die er an die Scheibe presst, und klopft mit einem langen Fingernagel daran. Fvonk erlebt das als eine demütigende Situation, wenn auch nicht demütigender als anderes, das er erlitten hat, irgendwo so in der Mitte der Skala. Ihm ist klar, dass er das Gesicht nur wahren kann, indem er aufmacht. Draußen steht die Hosenanzugsfrau.

Ach, Sie sind das?

Warum machen Sie nicht auf, wenn man klingelt?

Ich dachte, das sind die Schwangeren.

Haben Sie mit denen noch eine Rechnung offen?

Nein. Aber ich glaube, sie mit mir.

Es ist nicht gut, sich mit den Schwangeren anzulegen.

Ich weiß.

Darf ich hereinkommen?

Was wollen Sie?

Ich will Informationen über Jens. Ihr scheint euch ja nähergekommen zu sein. Früher hat er mir so ziemlich alles erzählt, aber seit er hier das möblierte Zimmer hat, ist er verschlossener geworden.

Was für Informationen?

Alle möglichen eigentlich. Ich muss mir ein Bild machen können, wo er steht, rein mental, meine ich, um einschätzen zu können, in welchem Maß er in der kommenden Zeit vor Aufgaben und Reisen geschützt werden muss.

Fvonk denkt nach.

Was kriege ich dafür, fragt er.

Normalerweise geben wir in diesen Fällen Geschenkgutscheine für das *Glasmagasinet*. Alternativ können Sie Geld bekommen.

Fvonk antwortet nicht.

Und wenn Sie beides nicht wollen, können wir uns vielleicht auf etwas Drittes einigen.

Kommen Sie rein, sagt Fvonk.

105) Ein paar Abende darauf legt Fvonk mitten in einem Fraktal den Pinsel hin und unterbricht Jens beim Aufbau einer ziemlich ambitionierten Kapla-Konstruktion, die das Zimmer in zwei Hälften teilt.

Vorgestern war die Hosenanzugsfrau hier, sagt er.

Wer?

Eine von deinen Staatssekretärinnen, ich weiß nicht, wie sie heißt.

Ach, du meinst sicher Helga.

Kann gut sein.

Was hat sie gewollt?

Sie wollte Infos, wie es dir zurzeit geht.

Und was hast du gesagt?

Ich habe ihr ein paar vollkommen nichtssagende Details geliefert.

Prima.

Und dann haben wir miteinander geschlafen.

Haha, das hat euch beiden sicher gutgetan.

Mir auf jeden Fall. Ein paar Stunden lang war ich richtig gut drauf. Wir haben verabredet, dass sie nächste Woche wiederkommt und ich dann weitererzähle.

Aber du hast nicht erzählt, dass wir Blutsbrüderschaft geschlossen haben?

Natürlich nicht. Ich hab mir einfach ein bisschen dummes Zeug ausgedacht.

Super. Was meinst du, soll ich bis zur Decke hoch bauen?

Auf jeden Fall.

106) Jens kommt an einem Dienstag, er steht plötzlich im Wohnzimmer und wirkt gehetzt.

Ich muss mich irgendwo verstecken, sagt er, morgen vormittag ist parlamentarische Fragestunde, und ich schaffe das nicht, Fvonk, es ist mir zu viel, ich hab die Liste mit den Fragen bekommen, alle möglichen ungemütlichen Themen, Nationalismus und Datenschutz und der Teufel und seine Großmutter, und in den letzten Tagen habe ich mich immer schwächer gefühlt. Du musst Helga anrufen und sagen, dass ich Fieber habe.

Ich lüge ungern, sagt Fvonk.

Hilft nichts, sagt Jens, es ist schnell getan, und der Bonus ist, dass wir morgen den ganzen Tag für uns haben, wie Blutsbrüder es mögen. Du hast doch keine Pläne?

107) Sie verbringen einen stillen Abend miteinander. Nachdem er einen kreisrunden Turm gebaut hat, in dem der Fernseher ganz und gar verschwindet, löst Jens auf dem Sofa Kreuzworträtsel und fragt dann und wann nach.

Nachtaktiver Vogel?

Wie viele Buchstaben?

Vier.

Eule.

Verdammt, du bist gut. Ich hab vor allem an Singvögel gedacht, aber von denen gibt es so viele Arten, Fvonk, zum Verzweifeln viele, natürlich ist es die Eule. Ich mag keine Eulen. Sie erinnern mich an diese besserwisserische Brilleneulen-Kabinettskollegin, denn das ist sie, Fvonk, unter uns gesagt.

Es heißt nicht Brilleneulen, sagt Fvonk.

Egal.

Es heißt Brillenschlange oder Brillenaffe.

Wenn dir an korrekten Metaphern liegt, musst du dir einen Literaturwissenschaftler als Mieter suchen. Ich bin Ökonom. Und zwar ein ziemlich guter.

108) Jens sieht Paradise Hotel, während Fvonk ein einfaches Omelett zubereitet.

Diese jungen Leute tun mir leid, sagt er, als Fvonk das Essen bringt. Die sind die ganze Zeit so gestresst. Sie müssen eine gute Figur machen, rechts und links Verbündete suchen und mit offensichtlichen Idioten ins Bett hüpfen. Denen geht es fast wie mir. Abgesehen davon, dass ich kein Geld gewinnen kann.

109) Findest du, dass ich ein einnehmendes Wesen habe, Fvonk?

Oh, unbedingt.

Das kam aber nicht von Herzen.

Doch, tat es.

Nein, tat es nicht.

Zumindest wirkst du vertrauenerweckend, jedenfalls bis du mitten in der Nacht bei mir geklingelt und um Mädchen-Tee gebeten hast.

Dir wäre es also lieber, wenn Jonas Premierminister wäre?

Ich finde, du solltest mal eine Zeit lang nicht an ihn denken.

Wie soll ich das tun? Er stiehlt sich in meine Gedanken, manchmal noch schlimmer als die Apfelfrau, aber die besiege ich wenigstens im Nahkampf, mit Leichtigkeit, die ist immer so beleidigt und fühlt sich ungerecht behandelt, sodass ein Teufelchen in mich fährt und ich die Daumenschrauben immer noch weiter anziehe, und noch eine Umdrehung. Aber Jonas ist nie beleidigt. Er ist bis an die Zähne bewaffnet, Fvonk, und tödlich clever, er hat alles, er ist ein Ninja, der könnte mit dem Atomknopf in der Tasche rumlaufen, ohne dass man ihm was anmerkt. Er würde genauso breit lächeln und dich zum Lachen bringen und dazu, Verabredungen abzusagen, nur um in seiner Nähe sein zu können.

110) Siehst du Pornos im Netz, Fvonk?

Nein.

Nie?

Nie.

Es ist lange still.

Ich auch nicht, sagt Jens.

111) Kurz vor Beginn der parlamentarischen Fragestunde ruft Fvonk Helga an. Jens wandert im Hintergrund unruhig auf und ab.

Hallo, sagt Fvonk, und danke noch mal für deinen Besuch neulich. Ich wollte nur schnell berichten, sagt er, dass Jens Halsweh hat und nicht an der Fragestunde teilnehmen kann, ja, leider. Es tut ihm furchtbar leid, soll ich sagen. Nein, er kann nicht selbst reden, er hat so gut wie keine Stimme. Ja, danke, das sage ich ihm.

Sag, dass mir auch der Fuß wehtut, flüstert Jens.

Der Fuß tut ihm auch weh, sagt Fvonk, er hinkt hier rum, der Ärmste.

Außerdem brüte ich vielleicht eine Holländische Krankheit aus, sagt Jens, aber das brauchst du ihr nicht zu sagen.

Fvonk legt auf.

Ich soll dir gute Besserung wünschen, sagt er.

Ahnt sie was?

Nein, ich glaube nicht.

Jens klatscht begeistert in die Hände.

Ein freier Tag, sagt er mit erstickter Stimme. Ein freier Tag! Oh Wahnsinn!

112) Fvonks kleiner roter japanischer Wagen fährt südwärts durch den Regierungsbezirk Østfold. Die Bodyguards sitzen vorn, Jens und Fvonk hinten. Jens hat den Bart angelegt und eine blaue Baseballkappe aufgesetzt, die Fvonk ihm geliehen hat. Außerdem trägt er eine Sonnenbrille. Jens will in Schweden einkaufen, er zittert geradezu vor Erwartung. Er hat noch nie in Schweden eingekauft, das geht ja nicht, die offizielle Linie der Regierung ist, dieses Devisenleck zu bedauern, es ist ja auch beträchtlich, wir reden hier von mehreren Milliarden, Fvonk, sagt Jens, das ist kein Kleingeld, stell dir vor, was wir hier zu Hause mit all dem Geld machen könnten. Wir könnten Altenheime bauen und Meinungskampagnen für alles Mögliche finanzieren. Wie oft habe ich nicht in Grenznähe auf dem Segelboot gesessen und nach Schweden hinübergeblickt, oh, das verheißene Land mit billigem Fleisch und Benzin und allem. Danach habe ich mich gesehnt, Fvonk, und jetzt wird es Wirklichkeit, aber wir behalten das für uns, ja, vor allem kein Wort zur Apfelfrau, das ist das Wichtigste, es braucht nicht mehr als ein Foto, auf dem ich in einem schwedischen Einkaufszentrum zu sehen bin, und schon ist die Wahl verloren, für die Apfelfrau wäre das ein gefundenes Fressen.

Mein Mund ist mit sieben Siegeln verschlossen, sagt Fvonk.

Übrigens, jedes Mal, wenn ich an die Apfelfrau denke, rufe ich mir das Bild der Hexe in Schneewittchen vor Augen, sagt Jens. Die mit den wunderbaren roten Äpfeln, weißt du, das hilft mir, die professionelle Distanz zu unterlaufen und das Feindbild lebendig zu halten. Solche Tricks lernt man mit der Zeit. Seine Feinde zu entmenschlichen, ist manchmal clever und effektiv, das sagt Jonas auch, mal abgesehen davon, dass es ein bisschen unmenschlich ist, aber ich bin schließlich nicht perfekt, nur die Leute denken, ich wäre perfekt, aber dafür kann man mich unmöglich verantwortlich machen.

113) Hast du Bluetooth im Wagen, Fvonk? Wenn du Bluetooth hast, kann ich von meinem Handy Dylan rüberstreamen.

Ich weiß nicht mal, was Bluetooth ist, sagt Fvonk.

Okay, war ja bloß für den Fall, dass du's hast, ich hatte nur so Lust, ein bisschen Dylan zu hören, Don't Think Twice, It's All Right zum Beispiel. Das ist sein bester Song, findest du nicht, Fvonk?

Der ist gut.

Er ist einzigartig. Ich liebe die Message, man soll nicht zwei Mal denken, und alles ist okay.

Ja, das macht Mut.

Nicht wahr? Ich finde ihn auch so tröstlich, Fvonk, sehr, sehr tröstlich. Ich selbst muss natürlich öffentlich dafür stehen, mindestens zwei Mal zu denken, denn wenn ich sage, man braucht nur ein Mal nachzudenken, was meinst du, wie oft die Leute dann nachdenken?

Null Mal?

Korrekt. Und das gibt Chaos. Verdammt noch mal. Als hätten wir nicht schon genug, um das wir uns kümmern müssen.

114) Jens holt sein elektronisches Spielzeug heraus und liest Infos über das Einkaufszentrum, zu dem sie fahren. 3500 Parkplätze, ruft er, unglaublich, man parkt umsonst und spart sechzig Prozent bei Waren des täglichen Bedarfs und dreißig Prozent bei allem anderen, das ist doch herrlich, und schau mal, sie haben sogar sonntags geöffnet, was für ein Wunderland.

Na ja, aber, sagt Fvonk.

Ich finde das fortschrittlich, sagt Jens, auch wenn das natürlich für diejenigen blöd ist, die arbeiten müssen, während die anderen freihaben, genau darum sind wir ja in Norwegen gegen eine Sonntagsöffnung der Geschäfte, aber das hier ist ja ein anderes Land, Fvonk, ich habe hier nichts zu bestimmen, stell dir vor, was für eine Erleichterung. Und du auch nicht. Wir haben hier nichts zu bestimmen. Ich liebe dieses Land.

115) Was willst du kaufen, Fvonk?

Ich weiß nicht, vielleicht ein bisschen Fleisch.

Ja natürlich, Fleisch, sagt Jens, eigentlich sollten wir ja weniger Fleisch essen, schon der Umwelt zuliebe.

(Er tut so, als müsste er sich übergeben.)

Aber verdammt, was soll's, mal ein Hühnchen zwischendurch, das macht den Kohl nicht fett. Wenn ich es nicht kaufe, tut es jemand anderes. Und Bacon, Fvonk, auf jeden Fall, kiloweise Bacon, und Schokolade, und dann würde ich wahnsinnig gern Tabak kaufen, aber ich kenne so gut wie keinen Raucher mehr, alle hören auf wegen dem Gemecker von diesem christlichen Minister, man wird fast nostalgisch, außerdem bin ich zugegebenermaßen sehr gespannt, was in der Non-Food-Abteilung des Einkaufszentrums so zu finden ist, da kann man manchmal Perlen entdecken, Fvonk, sogar in Norwegen.

116) Fvonk hat früher manchmal in Schweden eingekauft, mit Agnes, ein paar Mal, vielleicht sogar ein bisschen öfter. Sie mochte die Fahrt und die günstigen glutenfreien Produkte und die cumarinfreien Lebkuchen, aber seitdem ist das Einkaufszentrum ganz offenbar vergrößert worden, es

ist endlos groß, vollkommen unüberschaubar, findet Fvonk und ist nur maßvoll begeistert, als Jens ihn mit größtem Eifer in einen Laden nach dem anderen zerrt, die Bodyguards in diskretem Abstand.

Unter uns gesagt, sagt Jens, ich habe gerade wahnsinnig viel Spaß, es ist fantastisch, sich wie ein normaler Mensch bewegen zu können, Fvonk, wie alle anderen zu sein, auf ganz neutralem Grund und Boden, haha, sowohl im wörtlichen als auch im übertragenen Sinne ist Schweden neutraler Grund und Boden. Ich laufe hier vollkommen anonym herum, während die anderen sich in der Fragestunde herumplagen. Diese Fragestunde ist eine fürchterliche Erfindung. Nichts als Mühe und Ungemach. Hier aber bin ich frei von der Bürde meiner Berufung. Hier bin ich einfach ich selbst, und du bist du selbst, und wir sind Freunde, Fvonk, stell dir vor, und dann stell dir vor, was wir einander alles sagen können, eigentlich sind wir beste Freunde, so empfinde ich das jedenfalls.

Ich auch, sagt Fvonk.

Eigentlich müssten wir darüber reden, wie teuer in Norwegen alles ist, sagt Jens. Wir haben ja zugelassen, dass sich das in ganz und gar schwindelerregende Höhen schraubt. Zwölf, dreizehn Kronen für einen Liter Milch, hier die Hälfte. Und sieh mal die Kleidungsstücke da, so trendige Farben, zehn Kronen das Stück, haha, schau dir das bloß an, das wären doch tolle Weihnachtsgeschenke und so, oh nein, Mist, nur weil ich an Weihnachtsgeschenke gedacht habe, ist mir jetzt wieder die Neujahrsansprache eingefallen, es ist der reinste Fluch. Wo es mir gerade so gut ging. Vielleicht sollte ich in der Rede den Schwedenhandel erwähnen, was meinst du? Vielleicht wäre es clever zuzugeben, dass ich hier war, dass ich so bin wie alle, ein Otto Normalverbraucher wie jeder andere. Ich hab auch gern billiges Fleisch, könnte ich sagen. Was hältst du davon, Fvonk, und dann könnte ich sagen, es macht ja auch Spaß, hinter der Grenze billig einzukaufen, und ich kann diejenigen gut verstehen, die das machen. Für sich selbst gesehen ist das eine feine Sache, könnte ich sagen, aber, müsste ich sagen, wirtschaftlich gesehen wirft es doch etliche Fragen auf, die jeder Norweger gründlich bedenken sollte, vielleicht kostet der Schwedenhandel auf längere Sicht mehr, als er dem Einzelnen bringt. Leider sind die Leute nicht wirklich daran interessiert, an Nachhaltigkeit zu denken, sie mögen das Wort nicht, ähnlich wie das Wort Umwelt.

Er tut so, als müsste er sich übergeben.

117) Jens hat Kleidungsstücke in trendigen Farben gekauft, Bacon-Päckchen, die in einer langen Reihe aneinanderhängen, drei verschiedene Milchprodukte, eine Staffel einer TV-Serie, von der er sich zu entsinnen meint, dass Jonas recht begeistert über sie gesprochen hat, ein knappes Kilo Weingummi und eine Dose Snus, die er sich ins Büro legen kann. Der könnte sicher mal nützlich sein, vielleicht bei Verhandlungen, wenn so ein vergrätzter Gewerkschaftsbonze auf einmal keinen Snus mehr hat, schwups, könnte Jens ihm aushelfen, das würde wahrscheinlich überraschend und progressiv wirken, er konsumiert selbst keinen Tabak, auch keinen Kautabak, nimmt anderen diese Schwäche aber nicht übel. Großzügigkeit ist oft ein Indiz für innere Größe, findet er, eine Kühltasche hat er auch gekauft, in der seine Einkäufe bis in die Heimat kühl bleiben.

118) Jetzt essen alle vier Softeis mit Schokostreuseln, nicht weit von der Filiale eines Bau- und Heimwerkermarktes ent-

fernt, wo die Menschen ein- und ausströmen, als gälte es das Leben. Fvonk und Jens sitzen auf einer Bank, die beiden Bodyguards auf einer anderen, und betrachten die Menschenhorden, lange Reihen von Norwegern, einen stetigen Strom. Paare mit kleinen oder mittelgroßen Kindern, mal eines, mal zwei oder drei, Ehepaare in den Fünfzigern, Teenagergruppen, neue Landsleute aus anderen Erdteilen sind auch zahlreich vertreten, und Ältere, es wimmelt von Älteren, sie kommen in Bussen, sie kommen per Schiff, manche wirken erschöpft, vielleicht sind sie tagelang gereist, um hierherzukommen, als wäre es ein Wallfahrtsort. Einige scheinen sich in der letzten Lebensphase zu befinden, und dennoch ist der Schwedenhandel für sie immer noch wichtig.

Wer sind diese Menschen, murmelt Jens, ich verstehe es nicht, ist das mein Volk, Fvonk, sind das meine Wähler?

Das weiß ich wirklich nicht, sagt Fvonk, schwer zu sagen.

Sie sehen den sonstigen Norwegern zum Verwechseln ähnlich, sagt Jens, aber warum sind sie nicht in Wald und Feld unterwegs? Es ist ziemlich gutes Wetter, ich entscheide mich immer für eine Freiluftaktivität, wenn ich Zeit übrig habe, nie für Einkaufszentren, aber die sehen so aus, als ob sie immer hier wären, kannst du mir erklären, was die hier wollen, der da zum Beispiel, der mit dem Norwegerpullover und dem Bart, der sieht genauso aus wie die Männer, denen ich beim Skilaufen begegne, ich nicke ihnen im Vorüberlaufen zu und denke, jetzt finden sie mich volksnah und nett, einen, dem sie bei der nächsten Wahl ihre Stimme geben sollten, kannst du ihn nicht fragen, warum er hier ist und nicht im Wald?

Dazu habe ich keine Lust, sagt Fvonk.

Den kleinen Gefallen könntest du mir ruhig tun, sagt

Jens. Und wenn du dich sowieso schon mit ihm unterhältst, kannst du ihn auch gleich fragen, wie er nächstes Jahr bei der Parlamentswahl abstimmen will.

Ich habe wirklich nicht so Lust dazu, sagt Fvonk.

Hör dir bloß mal zu, wie du redest, sagt Jens, keine Lust, na toll, was denkst du, wie viel Lust ich derzeit habe, das Land zu regieren? Eben. Wir müssen alle unseren Beitrag leisten, Fvonk, außerdem bringt so eine Blutsbrüderschaft auch Pflichten mit sich, das ist nicht nur ein Kuscheltitel, sondern etwas Verpflichtendes. Also ehrlich, komm schon, bevor er weg ist.

Fvonk steht auf, hält den Bärtigen im Norwegerpullover auf, spricht mit ihm und kommt zurück.

Was hat er gesagt, fragt Jens. Was hat er gesagt?

Er hat gesagt, er geht so gut wie nie in den Wald und findet es gemütlich, hierherzukommen, ein bisschen einzukaufen und einen Kaffee zu trinken, wenn er Bekannte trifft.

Gut und schön, sagt Jens, mich interessiert nur nicht so sehr, ob er ein bisschen einkauft, ich will wissen, wen er wählt.

Du wirst es nicht gern hören, sagt Fvonk, aber er will die Apfelfrau wählen.

Hast du gefragt, warum?

Er findet, sie ist ehrlich und steht zu ihrem Wort, und dann ist da noch die Sache mit den vielen Einwanderern.

Jens fasst sich dramatisch ans Herz.

Das fühlt sich an wie ein Dolchstoß, sagt er. Ich habe gespürt, dass er genau mein Typ ist, wir könnten Kumpel sein, er und ich, und dann geht er hin und wählt die schrottigste Partei von allen. Nicht zu glauben. So ein Verrat. Aber siehst du die da, die gehört mir, das spüre ich in meinem Herzen. Frag sie, Fvonk, frag sie, beeil dich.

Fvonk fragt.

Wieder die Apfelfrau.

Verdammt, das glaube ich nicht, sagt Jens, du musst dich verhört haben.

Die Apfelfrau, wiederholt Fvonk.

Was ist mit dem da, der gehört zu meinen Leuten, das sieht ja jeder Idiot, frag ihn, ja, sei so lieb, Fvonk, das ist wichtig für mich.

Fvonk tut es ungern, aber er tut es, er möchte seinem neuen Freund gern den Gefallen tun, man kann nicht nur ein Gutwetterfreund sein, wie Agnes es offenbar dachte. Auch dieser Mann wählt die Apfelfrau.

Himmel und Hölle, sagt Jens, ist das denn möglich, ich hätte mir einen besseren Riecher zugetraut, wirklich, kann ich mich dermaßen in den Menschen irren?

Nimm's nicht so schwer, sagt Fvonk. Dich wählen ja immer noch genug Leute, nur ausgerechnet die drei nicht.

Ich muss zugeben, dass dieses sogenannte Volk mir in steigendem Maße ein Rätsel ist, ich verstehe die Leute nicht, ich habe sie bislang verstanden, jetzt kommen mir Zweifel, ich stehe schließlich für Gleichheit und Solidarität, meine Partei auch, seit jeher, aber mittlerweile ist das Wort Sozialismus in einem derart reichen Land wie unserem problematisch geworden, darum nehmen wir es nicht so oft in den Mund, aber die Prinzipien sind unverrückbar, zumindest mehr oder weniger, das müssen die Leute doch sehen, noch letzten Sommer haben wir alle beisammengestanden, Rosen in der Hand, ich fasse es nicht. Was gewinnen wir damit, die Konservativen rechts überholen zu wollen, das möchte ich gern mal wissen, es scheint, als wären die Leute unzufrieden, weil ich immer wieder sage, dass wir hier Platz für Menschen egal welcher Herkunft haben, und vielleicht auch, weil ich es sinnvoll finde, nicht all unsere Öleinkünfte gleich wieder auszugeben. Falls dem so sein sollte: Was für eine unreife Bande, Herrgott, mit ein paar Schlaglöchern wird man ja wohl noch leben können, und gegen die OP-Warteschlangen werde ich gleich morgen früh etwas unternehmen, das hast du selbst gehört, ich bin darin ausgebildet, Fvonk, ich bin schlicht und einfach der Richtige, um unser Geld zusammenzuhalten, aber das scheinen die Leute nicht zu begreifen, und warum sind diese Apfelfrauenmenschen eigentlich nicht in der Landschaft und wandern oder laufen Ski, das müssen doch Tausende sein, es wimmelt geradezu von ihnen, stell dir vor, wie viele Stimmen, und dann werfen sie sie so weg. Ich muss zugeben, bevor das Unfassbare passierte, habe ich ein paar Mal davon geträumt, wenn sich etwas richtig Dramatisches ereignen würde, so könnte ich das Volk einen, ich würde im Radio und Fernsehen zu ihnen sprechen, ich habe gute Redenschreiber, Fvonk, sehr gute, dann würden mich alle wahnsinnig gernhaben, wie in den Glanzzeiten der Partei nach dem Krieg, aber dann passierte das Furchtbare, natürlich hätte ich alles getan, um es zu verhindern, und es hat uns geeint, für ein paar Wochen, aber jetzt fangen die Leute wieder an zu wackeln. Das ist etwas, was ich auch nicht begreife. Dieser Wankelmut. Mein Leben lang habe ich dieselbe Partei gewählt. Kann es denn so schwierig sein, sich ein für alle Mal zu entscheiden und dann dazu zu stehen? Nichts da, sie tun so, als ob nichts wäre, lassen sich aber von der Apfelfrau einwickeln, langsam, aber sicher, sie hatte zwar ein paar Rückschläge, aber sie gibt nie auf. Mir wird unwohl, bin ich blass, ich fühle mich, als würde ich gleich Nasenbluten kriegen, liegt das vielleicht am Eis, können wir sicher sein, dass dieses schwedische Eis in Ordnung ist, ich bräuchte einen Vorkoster, habt ihr auch Bauchweh, können wir jetzt nach Hause fahren?

119) Die Schwangeren lassen die Überwachung ein wenig schleifen, und Fvonk wagt sich vor die Tür. Er macht eine Tour, fast frohen Muts, und ist ziemlich sicher, dass sein Ziel die Sporthochschule sein wird und dass die für diesen Zweck eher ungeeignet erscheinende Richtung nichts ist als die instinktive körperliche Wahl des passenden Weges. Er ist ein flexibler Mann, findet er, es ist wichtig, nicht zu erstarren, sondern die Pläne den unvorhersehbaren Wechselfällen anzupassen, von denen das Leben voll ist, ja, die geradezu die Essenz des Lebens zu sein scheinen, Unvorhersehbarkeit, Unruhe, Eingebungen und andere Störungen des bereits Festgelegten. Die Bewegung tut ihm rundum wohl. Von der Sporthochschule indes sieht er nichts. Wo ist sie geblieben, fragt sich Fvonk. Die Behörden scheinen sie verlegt zu haben.

120) Heute ist es mir gelungen, ein Projekt auf Eis zu legen, sagt Jens eines späten Abends.

Gut.

Ich liebe auf Eis liegende Projekte, fährt er fort. Anders als früher. Da zeigte ich Initiative und legte Tempo vor. Bevor meine Mitarbeiter mich bezüglich irgendeiner Problemstellung fertig gebrieft hatten, hatte ich die Lösung schon parat.

Du bist beeinträchtigt.

Ja, sagt Jens.

Außerdem stehst du unter Stress, wie alle Premierminister.

Außer Berlusconi vielleicht, sagt Jens.

Möglich. Aber der trifft sich mit Prostituierten.

Ja, das habe ich auch gelesen.

Du bist ein grundsätzlich gestresster Mensch. Das sehe ich dir an. Selbst wenn du mit den Kapla-Steinen baust, bist du gestresst. Wie eine Maschine setzt du Stein auf Stein. Eigentlich würdest du viel lieber das ganze Gebäude einreißen.

Du hast recht.

Du solltest mehr Zeit mit Musik verbringen. Oder mit Büchern. Liest du?

Ich lese Akten. Mehrere Kilo täglich.

Das ist wahrscheinlich nicht die Lösung des Problems.

Nein, aber das ist mein Job.

Genau das macht dich kaputt. Du musst Romane lesen. Ich meine nicht Krimis, auch wenn die als das, was sie sind, ganz okay sein können. Aber in deiner Situation brauchst du Dinge, die von Leuten mit großen persönlichen Problemen geschrieben wurden, das gilt für die meisten Autoren, speziell für diejenigen, die mit ihrem Schreiben kein Geld verdienen, aber dennoch weiterschreiben, du musst die Mühseligen lesen, Jens, diejenigen, die schreiben, weil sie von einer inneren Unruhe erfüllt sind, genau wie du.

Wie, ich soll Sachen lesen, die einfach nur erfunden sind? Ich beschäftige mich mit der Welt, Fvonk, ist dir das klar? Für Fantasien kann ich mir Zeit nehmen, wenn ich alt bin.

Fvonk beschließt, diese massive Dummheit nicht weiter zu kommentieren.

Und Gedichte?

Gedichte?

Liest du Gedichte?

Natürlich nicht, wo denkst du hin.

Heißt das, die einzigen Verse, mit denen du dich im Jahr beschäftigst, sind die Nationalhymne und die alten Arbeiterlieder?

Im Großen und Ganzen ja.

Fvonk geht zum Bücherregal, nimmt ein Buch heraus, blättert darin, bis er das Gesuchte gefunden hat.

Setz dich hin.

Jens setzt sich hin.

Er hat keine Zeit anzuhalten
Und auch zum Betrachten nie Zeit.
Den Menschen, denen er begegnet,
schenkt er nicht seine Aufmerksamkeit.

So viel hat er zu verrichten.
Er darf, meint er, niemals ruh'n.
Die Sorgen sich stetig verdichten.
Je mehr er tut, desto mehr bleibt zu tun.

Dann kommt an ein Ende sein Leben.
Er steht da, krumm und zerrieben,
und fragt: Was hat mir das Leben gegeben,
und wo, wo ist es geblieben?

So hastet er stets, ganz bis heute,
Doch werden die Tage nie sein.
Hinter ihm her, da kommt freudig die Freude
Und holt ihn doch niemals ein.

Jens sagt nichts. Er schluckt. Lies das noch ein Mal, sagt er.

Fvonk liest.

121) Nachdem Fvonk die Gedichtsammlung zugemacht hat, ist Jens lange still. Sehr still. Fvonk geht zum Bücherregal und stellt den Band wieder an seinen Platz, er hatte ihn vor einigen Jahren Agnes zu Weihnachten geschenkt, aber sie hat ihn nicht mitgenommen, als sie ging, er war ihr wohl nicht gut genug, genau wie Fvonk ihr nicht gut genug war.

Wer hat das geschrieben?, fragt Jens.

Jan-Magnus Bruheim, sagt Fvonk.

Mit dem würde ich mich wahnsinnig gern unterhalten, sagt Jens. Gleich morgen.

Er ist tot.

Er ist tot?

Ja, leider.

Das ist furchtbar traurig.

Er ist schon lange tot.

Das ist das schönste Gedicht, das ich je gehört habe, sagt Jens.

Ja, es ist schön, sagt Fvonk.

Es ist das allerschönste, sagt Jens, ich habe immer noch Gänsehaut, hier, es ist, als ob er es für mich geschrieben hätte, ausgerechnet für mich.

Ja, sagt Fvonk, so ist das manchmal bei guten Gedichten.

Komm her und halt mich ein bisschen fest, sagt Jens, nur ein bisschen, ich brauche das jetzt.

122) Fvonk nimmt Jens nach Lillestrøm mit, zur Alternativen Norwegischen Verbrauchermesse. Der Bart sitzt an Ort und Stelle, die Bodyguards haben Order, sich auf Abstand zu halten. So etwas hätte Fvonk früher nie tun können, aber

die Unkultur hat ihn gelehrt, dass die Menschen voller Rätsel sind und es allerlei Dinge jenseits des Alltäglichen gibt, abseits des Materiellen, oder geradezu innerhalb, in der Art, dass es denselben Regeln unterliegt, die alles Bekannte und Lebende leiten, nur dass wir es nicht sehen, weil wir immer so beschäftigt und unterwegs sind und tonnenweise Erlebnisse unterdrücken und verdrängen. Sie verkosten alternative Lebensmittel und sehen Holländern in weißen Gewändern zu, die zu Walgesängen tanzen. Jens lässt eine Aurafotografie von sich anfertigen und bekommt als Dreingabe eine Viertelstunde Aura-Deutung. So erfährt er, dass er eine seltene Farbkombination aufweist und genau das wird erreichen können, was er anstrebt, wenn er nur die Schwierigkeiten überwindet, in denen er zurzeit steckt, was der Aura-Deuter ganz deutlich sehen kann. Außerdem bekommt er eine kleine Broschüre für Kurse in Aura-Deutung, Aura-Beeinflussung und Aura-Transformation. Dann besuchen sie einen Vortrag über Stonehenge. Ein Däne mit einem imposanten Bart berichtet, dass die einzelnen Steine dieses uralten Steinkreises vibrierten, was man, wenn man allein dort ist und sehr gut lauscht, sogar hören könne. Eine Frau hebt die Hand. Meinst du, man kann es so richtig hören, als Ton? Der Däne lächelt, nein, vielleicht nicht in dem Sinne genau hören, eher so fühlhören. Das findet die Frau ganz und gar in Ordnung. Fühlhören, ja. Das überzeugt sie.

Im Zug zurück nach Oslo sagt Jens, nach diesem kleinen Ausflug ins Alternative kann er die Leute wieder besser leiden. Auch sie haben so ihre Probleme, sagt er. Alle haben ihr Päckchen zu tragen, Fvonk. Ich bin nicht der Einzige, der sich abstrampelt. Nein, stimmt, sagt Fvonk. Alle strampeln sich ab. Ich auch.

123) Jens findet vor seinem Fenster ein übel zugerichtetes kleines Eichhörnchen und kommt zu Fvonk hochgerannt.

Wir können es doch behalten, oder?, fragt er. Mein Lieber, können wir es nicht behalten?

Fvonk untersucht das kleine Tier. Er hat schon vorher verletzte Eichhörnchen gesehen, in den Gärten dieses Teils der Stadt herrscht ein reiches Tierleben. Der Puls des Tierchens ist verschwindend schwach.

Es ist sehr schwer verletzt, Jens, es wird ganz sicher nicht überleben.

Was für Unmenschen tun so etwas nur?

Elstern, sagt Fvonk, sicher eine Elster, hier gibt es viele Elstern, man kann sie überall sehen.

Jens kämpft mit den Tränen.

Und das im reichsten Land der Welt, sagt er mit zusammengebissenen Zähnen.

Fvonk nickt, und das kleine Eichhorn haucht in Jens' Händen sein Leben aus.

Das ist unerträglich, sagt er. Wir sollten die Elstern abschießen, das könnte ich doch anordnen, findest du nicht? Wir könnten die Arbeitslosen auf sie ansetzen.

Ja, sagt Fvonk, das wäre absolut eine Überlegung wert.

Dann wären wir sie ein für alle Mal los, sagt Jens.

Die Arbeitslosen?

Die Elstern.

Ach so, sagt Fvonk.

124) Helga schaut wieder einmal vorbei. Fvonk plaudert ein wenig zusammenhangslos über Jens. Unter anderem erwähnt er, das Erlebnis beim Schwedenhandel habe ihm einigermaßen zugesetzt, und er mache sich oft Gedanken über die Neujahrsansprache. Helga hört zu und macht sich Notizen. Danach ziehen sie sich aus. Hinterher fühlt Fvonk sich so leicht, dass er es beinahe bis zur Sporthochschule schafft. Hätte nicht bei der S-Bahn-Haltestelle eine Schwangere auf dem Bürgersteig gestanden, dann hätte er jetzt wieder eine feste Arbeit. Da ist er sich sicher.

125) In der Nacht auf Samstag liegt Jens auf dem Sofa, den Kopf in Fvonks Schoß. Eine fünf Meter lange Kapla-Version der Chinesischen Mauer erstreckt sich bis in die Küche.

Findest du, du tust genug, um mir in meiner schwierigen Situation zu helfen?, fragt Jens.

Ich weiß nicht.

Kommt es vor, dass du dich fragst, ob du mehr tun könntest?

Nein.

Ich bin übrigens im Flur der Regierungsärztin begegnet, sie fragte, wie es mir geht, und ich habe gesagt, es gehe mir schon viel besser.

Du hast gelogen?

Ja, sie ist so süß und aufmerksam, ich konnte sie einfach nicht enttäuschen.

Mit anderen Worten, jetzt musst du gegenüber noch jemandem so tun als ob.

Einer mehr oder weniger spielt ja wohl keine Rolle. Ich bin es leid, dass ich nicht mehr weiß, wo lang, Fvonk. Ich fühle mich auf eine fast biblische Weise verloren. Ich habe keine Lust mehr, bei all dem Unsinn mitzumachen. So geht es mir. Außerdem mag ich mich nicht mehr auf der Rückbank von Taxis und Dienstwagen umziehen. Ich mag nicht mehr herumfliegen, schon gar nicht in irgendwelche Kleinstädte, deren wichtigster Betrieb gerade dichtgemacht hat. Ich bin es leid, Optimismus zu verbreiten und zu lachen und jovial zu sein, während es in Wahrheit hier drin nachtschwarz aussieht. Er legt sich die Hand an die Brust. Außerdem bin ich es leid, mit alten Damen zu tanzen, die mir erzählen, wie fesch mein Vater in seinen besten Zeiten war, leid, die ganze Zeit irgendwelche Meinungen haben zu müssen, leid, Dinge zu verteidigen, die schwer zu verteidigen sind, es macht mich krank, Fvonk. Ich will mit dem Fahrrad zur Arbeit fahren und ein einfaches Leben leben, ich will allein im Häuschen bleiben, nachdem alle Sommergäste weggefahren sind, das ist wohl nicht zu viel verlangt, oder findest du das einen übertriebenen Wunsch?

Nein.

Außerdem will ich in den Süden. Verdammt noch mal.

Sind da nicht viele Schwangere?, fragt Fvonk.

Im Süden? Nein.

Ich hab gehört, die reisen dahin, sobald sie von ihrer Schwangerschaft wissen.

Das ist eine böswillige Lüge. Schwangere müssen alle Nase lang zum Arzt zur Kontrolle, außerdem ist es für beide Seiten, Arbeitgeber wie Arbeitnehmer, wünschenswert, dass sie so lange arbeiten, wie es nur geht.

126) In der Postfiliale stellt Fvonk fest, dass eine Frau in den Dreißigern ihm intensiv mit den Blicken folgt. Frauen in dem Alter pflegen kein Interesse für ihn an den Tag zu legen. Seit vielen Jahren nicht mehr. Fvonk macht den Rücken gerade. Er drückt die Brust heraus und versucht so zu tun, als wäre es für ihn keine Seltenheit, sich an Dreißigjährige heranzumachen. Er nähert sich ihr, Schritt für Schritt, wobei er scheinbar absichtslos die Auslagen mustert. Die Frau tippt auf ihrem Mobiltelefon herum, tut so, als ob nichts wäre, aber Fvonk lässt sich nicht täuschen, ich weiß genau, worauf du Lust hast, denkt er, befeuert von den erfolgreichen Begegnungen mit der Hosenanzugsfrau in den letzten Wochen. Er ist an ihnen gewachsen. Ein Kunde kommt durch die Tür herein, die zur Einkaufsstraße am Stadion Ullevål geht, ein anderer verlässt die Filiale durch die Tür, die zur Ringstraße hinausgeht, und der entstehende Luftzug weht den Duft der Frau zu Fvonk herüber. Er erstarrt, als er einen schwachen Hauch von Schwangerschaft erschnuppert. Süßlich, leichte Anteile von Schweiß und Lakritz, dazu eine große Menge Pheromone, bewirkt von dem Hormondurcheinander im Körper der Frau. Fvonk begegnet ihrem Blick, und plötzlich wird ihm klar, dass Frauen in Erwartung sein können, ohne dass man es ihnen ansieht. Ihm

wird schwindlig. In seiner Naivität hatte er geglaubt, er hätte eine Art Überblick. Weit gefehlt. Die Welt ist unvorhersehbar und lebensgefährlich. Er bricht seinen Besuch in der Postfiliale ab und eilt heimwärts, mit erschrockenen und misstrauischen Blicken auf alle Frauen im fruchtbaren Alter. Wohlbehalten zu Hause angelangt, versperrt er die Tür und lässt die Läden herunter.

127) An einem Dienstagabend, es ist schon spät, ruft Jens an.

Hallo, ich bin's, sagt Jens.

Hallo, sagt Fvonk.

Du fragst dich wahrscheinlich, warum ich anrufe, denn ich rufe ja normalerweise nicht an, also dürfte allein dieser Umstand schon besonders wirken.

Ja, du rufst sonst nicht an, sagt Fvonk.

Stimmt, sagt Jens, aber weißt du was, die Opposition hat sich für die morgige Fragestunde ein paar ganz fürchterliche Fragen ausgedacht, was mit dem Mittleren Osten und Afghanistan oder was es nun war, ich kann da nicht hin. Ich schaffe das nicht. Ich mag ja Kriege auch nicht lieber als andere Leute, eher im Gegenteil. Also habe ich Jonas dazu gebracht, dass er das übernimmt, haha, dann kriegt der das alles ab, das schadet ihm gar nichts, der ist ja wieder derart beliebt, habe ich gelesen. Ich frage mich, wie das kommt. Er sieht natürlich gut aus, das muss man ihm lassen, aber ich doch auch. Gefällt den Leuten vielleicht, dass er im Ausland zur Universität gegangen ist, sollte es so einfach sein? Oder weil er aus einer Familie mit Geld kommt? Ich habe auch einen relativ guten Hintergrund, aber das zählt irgendwie nicht, und weißt du was, das verletzt mich ein bisschen, nicht viel, du musst nicht denken, dass ich besonders viel darüber nachdenke, aber ein bisschen schon, das kann ich zugeben, denn das ist ein bisschen ungerecht, ich will auch gemocht werden, Fvonk, und zwar nicht nur in schwierigen Zeiten, ich will im Alltag gemocht werden, heute, in normalen Zeiten, ich will gemocht werden, weil ich bin, der ich bin, ist das denn so schwer zu begreifen? Ich brauche es genauso wie Jonas, geliebt zu werden, wenn nicht mehr, was hat er, das ich nicht habe, kannst du mir das mal sagen?

Nein, sagt Fvonk.

Hab ich mir's doch gedacht, sagt Jens, ich habe aber auch seinerzeit einen sehr guten Abschluss gemacht, einen sehr guten, Fvonk, sehr gute Noten, die besten, der Wahrheit die Ehre. Aber Jonas hat ganz offenbar etwas, das sich nicht in Worte fassen lässt, da werde ich misstrauisch, Fvonk, und unsicher, das gebe ich gern zu. Ich werde unsicher, und das hat einen ausgesprochen negativen Einfluss auf meine Laune. Es macht mich destruktiv. Manchmal scheinen die Leute zu vergessen, wer Jonas den Job überhaupt verschafft hat. Die Leute haben ein so kurzes Gedächtnis. Ohne mich würde er immer noch beim Roten Kreuz zwischen den Kaffeemaschinen und seinem Büro hin und her laufen, es war ja durchaus nicht so, dass ich keine anderen Außenminister an der Hand gehabt hätte.

Nein, sagt Fvonk, du hattest sicher mehrere.

Das kannst du laut sagen, sagt Jens, ich hatte eine lange Liste, na ja, vielleicht nicht lang, aber eine Liste jedenfalls.

Ich bin sicher, dass du eine hattest, sagt Fvonk.

128) Aber ich habe nicht angerufen, um über Jonas zu reden, sagt Jens, ich habe einen Vorschlag.

Aha, sagt Fvonk.

Wenn Jonas die Fragestunde übernimmt, kann ich nicht irgendwo im Hintergrund herumlungern, sagt Jens, ich darf überhaupt nicht im Parlament sein, ebenso wenig im Regierungssitz, ja nicht einmal im Lande, ich muss aus dem Land verschwinden, um eine triftige Entschuldigung zu haben. Die Volksvertreter nehmen das sehr genau, und anlügen kann ich sie nicht, damit ist man früher vielleicht noch durchgekommen, aber mittlerweile sind die Journalisten derart scharf, nichts anderes interessiert sie mehr als Enthüllungen und aufzubauschende Bagatellen, also habe ich einen meiner jungen Mitarbeiter auf die Sache angesetzt, einen begabten jungen Kracher, sonderlich sympathisch ist der vielleicht nicht, aber er hat trotzdem ein internationales Treffen von Regierungschefs aufgetan, das morgen und übermorgen in Budapest stattfinden soll. Wahrscheinlich habe ich dieses Treffen vor ein paar Wochen abgesagt, aber jetzt sage ich trotzdem zu, ich sage, nach einigem Nachdenken finde ich es so wichtig, dass ich meinen Terminplan über den Haufen werfe, um teilnehmen zu können, jetzt arbeitet die Botschaft da unten mit Volldampf, denke ich mir, haha, damit haben die nicht gerechnet, und einer von meinen Redenschreibern sitzt an einem Beitrag, den ich dann halten muss, nur ganz kurz, etwas über den erstarkenden Nationalismus in Europa und dass wir auf der Hut sein müssen und so, das mache ich auf Autopilot, aber ich frage mich, ob du nicht vielleicht mitkommen willst, Fvonk, darum rufe ich an, ich fliege morgen früh, es gibt noch Plätze im Flieger, habe ich gerade gecheckt, die Reise kann ich dir nicht bezahlen, aber in mein Hotelzimmer kann ich dich ganz sicher einschleusen, dann können wir ein paar Bier trinken und miteinander abhängen, was hältst du davon?

Ich weiß nicht, sagt Fvonk, das kommt ein bisschen plötzlich.

Komm schon, sagt Jens, Budapest, eine Superstadt, Fvonk, eine Superstadt, so steht es im Reiseführer, und die Donau fließt mitten durch, die Donau selbst, der Fluss der Flüsse, sozusagen, die fließt ja auch durch Belgrad, die Stadt meiner Kindheit, und so ist sie auch der Fluss meiner Kindheit, der einzige Fluss, den ich vielleicht mal vermisse, Fvonk, wenn ich aus dem Wohnzimmerfenster die Donau sehen könnte, das wär mal was, stell dir das vor, aber das ist natürlich nur ein Traum, eine Fantasievorstellung, ich plane nicht, in der Richtung was zu unternehmen, da müssten wir ja jahrelang Krieg führen, unser Militär ist für so was nicht gewappnet, wir hätten auch gar nicht genug Leute, obwohl wir ziemlich unbegrenzte Mittel hätten, jaja, realistisch ist es trotzdem nicht, aber hinfliegen und ein bisschen auf die Donau gucken, das ist jetzt zum Glück greifbar nah. Außerdem haben die da unten eine ganz himmlische Badekultur, das steht auch im Reiseführer, wir könnten in heißen Quellen baden, mein Freund, hoho, denk doch mal.

Die Schwangeren patrouillieren hier draußen auf der Straße, sagt Fvonk, ich komme nicht so leicht raus.

Nur zu begreiflich, sagt Jens, aber geh doch einfach zur Gartentür raus! Ich sitze übrigens auf Platz 11A, sagt Jens, und ich sehe gerade, 11B ist noch frei, du solltest möglichst gleich buchen. Dann lassen wir die Fragestunde Fragestunde sein, die sind sowieso meistens nervig und langweilig, die reinste Plage, Fvonk, Fragestunden sind eine verfluchte Plage, das kannst du ruhig zitieren, ach nein, lieber nicht.

129) In dieser Nacht kann Fvonk nicht schlafen. Das ist alles ziemlich viel, findet er. Er weiß weder aus noch ein. So läuft das seit fünf Jahren. Erst haben ihn die Ereignisse beim

Geher- und Fitnessverband verunsichert, dann Agnes, und dann hat die Kombination von unglücklichen Umständen sowohl draußen als auch zu Hause ein alles umfassendes Missbehagen geschaffen. Und jetzt sind auch noch die Schwangeren aufgetaucht. Und Jens. Ein Freund, endlich ein Freund, aber zugleich ein merkwürdiger, denn Freunde pflegen ja eigentlich auf einer Stufe zu stehen, aber diese Freundschaft, wenn es denn eine ist, befindet sich nicht so recht im Gleichgewicht. Ich muss anfangen, meinen Platz zu behaupten, denkt Fvonk, ich muss mich behaupten, aber das ist gefährlich, als ich es das letzte Mal versucht habe, ist es furchtbar schiefgelaufen. Er sieht nicht, wohin die Straße führt, hat keine Vorstellung davon. Außerdem hat er Bauchweh. Eine Verstopfung oder so ähnlich. Aber damit kann man ja dem Premierminister nicht kommen.

Die ganze Nacht liegt er da und grübelt und blickt auf die roten Zahlen an der Schlafzimmerdecke, die ihm mitteilen, dass die Außentemperatur von 3,2 Grad auf 1,9 sinkt und danach langsam wieder steigt, und er weiß aus Erfahrung, dass so gut wie nichts von dem, was er nachts denkt, am Morgen noch zu gebrauchen ist, also bemüht er sich, die Gedanken zu verwerfen, sobald sie auftauchen, er zerstört sie systematisch. Die Gedanken sind Steine, denkt er, und er prügelt mit einem Vorschlaghammer auf sie ein, bis sie pulverisiert und nur noch als Füllmasse zu gebrauchen sind, zum Beispiel beim Straßenbau. Die ganze Nacht über baut Fvonk Straßen, kreuz und quer durch die Landschaft, verloren gegangene Verbindungen werden neu errichtet. Er baut eine Straße zu Therese und eine zu Agnes, er baut eine Straße zu den Schwangeren und schließlich auch eine nach Budapest. Die heißen Quellen sind entscheidend. Nur zu gern will Fvonk seinen geplagten Leib in heiße Quellen versenken, vielleicht hat das eine reinigende Wirkung, denkt er, oder überhaupt irgendeine Wirkung, denn alles ist besser als das jetzt herrschende Nichts. Um vier Uhr fünfzig in der Früh ist Sitz 11B immer noch frei. Fvonk richtet den Cursor mit der Maus auf das richtige Feld. Er sammelt seinen Pass, Badehose, Joggingschuhe und Malzeug zusammen, schleicht aus der Gartentür und kommt gerade noch ungesehen an den Schwangeren vorbei, die sich neuerdings als Zeitungsboten verkleiden. Die Schwangeren sind erfindungsreich, denkt Fvonk, unheimlich und erfindungsreich. Und sie haben das Leben vor sich. Wenn man doch nur das Leben vor sich hätte.

130) Jens strahlt, als Fvonk sich auf 11B setzt.

Da bist du ja, sagt er.

Ja, da bin ich, sagt Fvonk.

Sie drücken die Handflächen gegeneinander. Die Blutsbrüderschaftsschnitte sind vernarbt.

Mein kleiner Fvonki, sagt Jens.

131) Jens schaut aus dem Fenster. Europa, sagt er nachdenklich.

Fvonk nickt.

Ich hab heute Nacht nicht schlafen können, sagt Jens. Hab immer nur dagelegen und geflucht, dann bin ich aufgestanden, hab ein Glas Wasser getrunken und versucht nachzudenken, aber es ging nicht. Ich konnte mich nur hinlegen und weiterfluchen.

Ich hab heute Nacht Straßen gebaut, sagt Fvonk.

Was für Straßen.

Einfach Straßen. Hierhin und dorthin.

Straßen sind wichtig, sagt Jens. Und Tunnel. Und Fährverbindungen. Und kurz darauf schlafen beide ein. Ihre Köpfe berühren sich.

132) Ich habe nachgedacht, sagt Jens, während das Flugzeug über den ungarischen Ebenen niedersinkt, ich muss deine Anwesenheit gegenüber meinem Gefolge aus Staatssekretären und Beratern irgendwie begründen. Ich kann nicht einfach sagen, ich habe einen Kumpel mitgebracht. In den Ministerien gibt es dafür keine Tradition. Die finden, alles, was mit Kumpeln zu tun hat, gehört in die Freizeit.

So war es beim Geher- und Fitnessverband auch, sagt Fvonk.

Ich schlage vor, sagt Jens, dass wir dich meinen geistlichen Berater nennen.

Aber ich kann keinen Rat geben, bei nichts, sagt Fvonk.

Doch, kannst du. Du hast mir die Kapla-Steine gegeben und Wein und Tee, und du hast mir zugehört und mich zur Alternativen Verbrauchermesse mitgenommen. Du bist mein geistlicher Ratgeber, das ist nicht mal gelogen.

133) Aber es ist wichtig, dass es keine Gerüchte gibt, sagt Jens.

Wie, Gerüchte?

Die Leute sind so einfach gestrickt, sagt Jens, maßlos einfach, ein paar Hinweise in die falsche Richtung, und die schönste Karriere kommt ins Wanken.

Jetzt verstehe ich nicht, was du meinst, sagt Fvonk.

Jens sieht sich um, ob auch keiner von seinen Mitarbeitern lauscht.

Ich meine Sexualität, sagt er, also zum Beispiel, nur um ein Beispiel zu nennen.

Ich verstehe immer noch nicht, sagt Fvonk.

Wenn du mein geistlicher Berater sein sollst, dann muss sonnenklar sein, dass du, ja, dass du zum Beispiel nicht, nein, das klingt so plump, aber na, die Leute sind ja eben so plump, also, hm, ich meine, es wäre gut, also praktisch, wenn du keine anderen sexuellen Neigungen hättest als die meisten Leute sonst auch.

Die meisten Leute haben wohl alle möglichen sexuellen Neigungen, sagt Fvonk.

Schon, sagt Jens, aber du verstehst schon, was ich meine.

Nein, sagt Fvonk, ich verstehe es nicht.

Bist du ein Perverser?

Ich habe ein paar Mal mit deiner Staatssekretärin geschlafen, ist das pervers?

Nein, nein. So was passiert unablässig und liegt absolut im Rahmen dessen, womit das System zu leben gelernt hat.

Schön.

Also gibt es sonst nichts, was ich wissen müsste?

Nein.

Das freut mich, sagt Jens, das freut mich wirklich, und auch nicht mit Tieren?

Auch nicht mit Tieren, sagt Fvonk.

Gibt es überhaupt nichts in deiner Vergangenheit, das hochkommen und mir und der Regierung schaden könnte?

Fvonk antwortet nicht.

Lass es mich anders sagen, sagt Jens, hast du irgendwann im Leben mal etwas getan oder planst du etwas zu tun, das der rot-grünen Regierungskoalition schaden könnte, falls herauskommt, dass du mein geistlicher Berater bist, das wäre meine eigentliche Frage.

Darüber will ich lieber nicht reden, sagt Fvonk.

Du willst nicht darüber reden?

Nein.

Nicht gut, sagt Jens, das, worüber die Leute nicht reden wollen, erweist sich meist irgendwann als Problem. Es wäre gut zu wissen, was für eine Art Problem das ist, so ganz grob.

Fvonk ist stumm.

Sollen wir Zwanzig Fragen spielen?, fragt Jens.

Fvonk schüttelt den Kopf.

Komm schon, sagt Jens, sei nicht so zugeknöpft, ich war offen dir gegenüber, ich finde, da kannst du dich revanchieren.

Ich mag Zwanzig Fragen nicht, sagt Fvonk.

Vielleicht schaffe ich es mit zehn, sagt Jens, ich bin ganz schön clever und hatte sehr gute Noten bei meinen Prüfungen.

Fvonk seufzt.

Dann kann's ja losgehen, sagt Jens. Hmm, nichts mit Sexualität, was könnte es dann sein, hast du ein Verbrechen begangen, ein Vergehen, hast du ein Kind angefahren und Fahrerflucht begangen? Hast du einen Konkurrenten vertrimmt, psychische Gewalt ausgeübt oder jemanden gezwungen, verdorbene Nahrungsmittel zu essen? Hast du in der Dritten Welt Substanzen oder Waffen verkauft, die hierzulande verboten sind? Steuern hinterzogen? Tiere, was mit Tieren, hast du Tiere gequält oder zum Beispiel auf einer von deinen Wandertouren ein Schaf besprungen? Ich weiß, du hast eben gesagt, dass du das nicht getan hast, aber die Leute lügen die ganze Zeit, hemmungslos lügen sie, aber du bist wohl keiner von denen, die lügen? Gut. Oder reden wir hier eher von einem Versäumnis als von einem Verbrechen? Du nickst, da kann es nicht so furchtbar schlimm sein. Hast du einen Wagen angefahren und bist abgehauen? Im Geschäft Süßigkeiten genascht, bist du einer von den Naschern?

Hast du deinen Nachbarn geohrfeigt oder auf die Straße gepinkelt? Etwas mit deinem Arbeitsplatz?

Fvonk blickt zu Jens hinüber.

Aha, sagt Jens, verstehe, du hast Post-It-Zettel mitgehen lassen oder die Frankiermaschine für Pivatbriefe verwendet? Oder geht es etwa um regelrechte Veruntreuung?

Fvonk reibt sich verlegen die Wange.

Hab ich's doch gewusst, sagt Jens, Veruntreuung, aha! Warst du es selbst oder warst du nur Zeuge? Zeuge? Haha, klassisch! Um welche Branche geht es? Komm schon, ich finde es sowieso heraus, sag es lieber gleich. Molkereiwesen? Taxiunternehmen? Wasserwerk?

Ich habe beim Geher- und Fitnessverband gearbeitet, sagt Fvonk.

Aaaha, dort hast du gearbeitet? Irgendwie dämmert mir, dass es da Unordnung gegeben hat, irgendein Gemauschel mit den Mitgliederzahlen, war es das?

Fvonk nickt.

Aber du warst nicht der Hauptschuldige?

Nein.

Davon gewusst hast du aber?

Was heißt schon gewusst, sagt Fvonk.

Jens sieht ihn an, plötzlich ernst geworden. Du warst also in Berührung mit Unkultur.

Fvonk zögert.

Das ist nicht gut, sagt Jens, Unkultur ist nicht gut. Offen gesagt, wäre es mir lieber gewesen, du hättest was mit einem Schaf gemacht, das wäre natürlich inakzeptabel, allerdings so selten und exotisch, dass es in einer Art Grauzone landet. Daraus lässt sich noch eine gute Story machen. Unkultur hingegen ist klebrig und wird nicht vergessen und gibt selten eine gute Story.

Aber ich war es nicht, sagt Fvonk, ich habe es nicht getan, ich habe gar nichts getan.

Jaja, das sagen alle, sagt Jens, aber heißt das, du bist weder rechtskräftig verurteilt, noch gibt es ein laufendes Verfahren?

Genau.

Na, dann wirst du schon sehen, das ruckelt sich zurecht, sagt Jens, die Leute werden begreifen, dass du die Unkultur überwunden hast, die Leute verstehen ja so viel, weißt du, sie treiben selbst so viel merkwürdiges Zeug, dass ein klein wenig Unkultur beim Freund eines Politikers sogar eine Art tröstliche Wirkung haben kann. Dann fühlen die Menschen, dass sie nicht allein sind, und das fühlen die Norweger sehr, sehr gern. Vielleicht kann dein Kontakt mit Unkultur auch dazu beitragen, mich volkstümlich wirken zu lassen, Fvonk, das brauche ich sehr. Sagt jedenfalls Jonas. Am Ende ist vielleicht sogar die Apfelfrau neidisch, dass ich dich habe. Du könntest die Verbindung zur Unkultur des Volkes sein, die mir ein menschliches Gesicht verleiht. Dank dir kann ich mit einem Bein auf der dunklen Seite stehen, verstehst du, ich hab zu wenig dark side an mir. Ich muss aufhören, der propere Jens zu sein, der nicht richtig im Volk verwurzelt ist. Mit anderen Worten, das kann sogar richtig hilfreich sein, Fvonk. Du bist verwurzelt, und ich habe Kontakt zu dir, und auf diese Weise dienst du sowohl mir als auch dem Vaterland.

134) Die Blutsbrüder stehen auf einem der beiden Hotelzimmerbalkons und blicken zur Donau. Ist sie nicht wunderschön?, fragt Jens.

Fvonk muss sich am schmiedeeisernen Jugendstil-Balkongeländer festhalten. Der Fluss ist gewaltig. Sicher dreihundert Meter breit. Darauf war er nicht vorbereitet. Was ich alles nicht weiß, denkt er, und ich weiß nicht mal, dass ich es nicht weiß. Fvonk ist kein guter Schwimmer. Wenn er in die Donau fällt, landet er irgendwann im Schwarzen Meer, und die Medien müssen spekulieren, ob es die Unkultur war, die seinen Sinn derart verdüstert hat, dass er am Ende dem Todestrieb nachgab. Ein weiterer Schandfleck in den Annalen des Geher- und Fitnessverbands.

135) Jens geht, um über den Nationalismus in Europa zu reden und über die Gefahren, die er mit sich bringt. Wider Willen ist er qualifizierter für dieses Thema als die meisten anderen Staatschefs. Er spricht über die unter der Oberfläche lauernden Kräfte, einsame Wölfe, die sich dann und wann in obskuren Netzforen äußern, aber ihre extremsten Ansichten für sich behalten, da sie ja wissen, dass sie unter Beobachtung stehen. Was hat die Gemeinschaft ihnen entgegenzusetzen? Was können die Schulen tun? Wie können

wir dem entgegenwirken? Seit einem halben Jahr denkt er über kaum etwas anderes nach und kann auch ohne Manuskript das Richtige dazu sagen. Aber hilft das? Da ist er sich nicht sicher, und genau da liegt die Quelle seiner fortwährenden Mattheit und Enttäuschung.

136) Eigentlich hatte Fvonk geplant zu joggen, während er auf Jens wartet. Doch als er auf die Straße tritt, trifft es ihn wie ein Blitz. An der Straßenbahnhaltestelle zwischen Hotel und Fluss stehen die Schwangeren. Und sie überwachen den Zebrastreifen, über den er muss, wenn er in den Park will. Himmel hilf, denkt er, das ist ein internationales Netzwerk. Sie wissen, wo er ist.

137) Fvonk versteckt sich im Hotel. Er wandert den langen Hotelflur hinunter, Türen zu beiden Seiten, Fahrstühle, Sitzgruppen mit alten Sofas, Blumenarrangements. Drei Mal macht der Flur einen Neunzig-Grad-Knick. Alles macht einen überzeugend ehrwürdigen Eindruck. Der Hotelbroschüre zufolge wohnen hier seit hundert Jahren Staatschefs; Beschlüsse wurden getroffen, es wurde gegessen und getrunken und kopuliert, all das sitzt in den Wänden. Man kann mit dem Fahrstuhl direkt ins Thermalbad hinunterfahren, Fvonk würde so gern baden, aber er hat Jens versprechen müssen zu warten, es macht ja keinen Spaß mehr, wenn du schon den ganzen Tag gebadet hast, hat Jens gesagt, bevor er ging, wir müssen es zusammen entdecken und das Erlebnis miteinander teilen, sonst sind wir keine richtigen Freunde.

138) Gegen Nachmittag kommt Jens zurück. Entschuldige, dass ich so spät komme, sagt er. Ich habe dich vermisst, du mich auch?

Fvonk nickt mit zusammengebissenen Zähnen.

Ich hab nach meinem Beitrag nicht einfach verschwinden können, sagt Jens. Es gab noch Häppchen und Diskussionen, du weißt ja, wie das ist.

Nein, sagt Fvonk, das weiß ich nicht und will es auch gar nicht wissen.

Jens sieht ihn an.

Bist du sauer?

Du nimmst mich in ein fremdes Land mit und bist dann einfach nicht da, und wenn ich rausgehen will, stehen die Schwangeren Wache, sie sehen noch strenger aus als die norwegischen Schwangeren, gnadenlos irgendwie, mir sind so viele Gedanken durch den Kopf gegangen.

Sind die Schwangeren auch hier hinter dir her?

Die machen mich fertig, Jens. Ich habe ihnen nichts mehr entgegenzusetzen.

Das verstehe ich, sagt Jens, bitte entschuldige, dass ich so lange weg war, aber jetzt bin ich ja da.

Jäh verspürt Fvonk einen Ansturm von Gefühlen, es ist, als könnten die Dämme das, was sich alles aufgestaut hat, nicht mehr halten, aber er hat keinen Kontakt mehr zu seinen Tränen, es ist, als hätte ihm die Unkultur auch noch dieses Ventil genommen, dank dessen er sich früher ab und zu von dem allzu Traurigen hat befreien können.

Willst du weinen?, fragt Jens.

Eigentlich schon, sagt Fvonk. Aber ich kann nicht.

So geht es mir auch, sagt Jens. Absolut. Vielleicht können wir zu Hause einen Kurs besuchen oder so was. Ich bin ganz sicher, da gibt es irgendwelche Methoden.

Fvonk nickt.

Jetzt gehen wir baden, sagt Jens.

Oh ja, sagt Fvonk. Jetzt baden wir.

139) In den weißen Hotelbademänteln kommen Jens und Fvonk in der Badeanlage an, großartig, Säulen, Loggien, Statuen, von Frauen, aus Stein, Geplätscher von den Badenden, aber sie gehen an dem großen Bassin vorbei, in einen abgetrennten Bereich, für Männer, nur für Männer, in dem die Sonne auf den Mosaiken an der Wand spielt, aus zwei prunkvollen Springbrunnen ergießt sich Wasser in je ein Bassin, das eine ist 36 Grad, das andere 38 Grad warm. Jens bückt sich und trinkt von einem Wasserstrahl, der aus einem Löwenkopf an der Wand kommt, er lässt sich das Wasser über Kopf und Gesicht laufen und sagt aaahhh, aaahhh, sieh mich an, jetzt bin ich der andere Jens, aaahhh!

140) Sie sitzen bis zur Brust im Wasser in der Nähe des Löwenbrunnens und lassen sich das warme, mineralhaltige Wasser über die Schultern laufen, das Wohlbehagen ist enorm. Wie herrlich, dass die Schwangeren hier nicht reinkommen, sagt Fvonk, es ist wunderbar befreiend, dass sie hier keinen Zutritt haben, so entspannt bin ich schon lange nicht mehr gewesen.

Da sagst du was, sagt Jens, ein Raum nur für Männer ist eine fantastische Idee.

141) Sie sitzen eine Weile still da und spüren ihren Schmerzen nach.

Weißt du was?, sagt Jens, ich frage mich, ob wir in Norwegen nicht ein bisschen weit gegangen sind, was Gleichstellung und Frauenquote und so angeht, meine ich, es ist typisch für uns, möglichst weit zu gehen, wir finden es irgendwie schick, radikal zu sein, aber weißt du, hier unten in Europa wissen die überhaupt nicht, was wir damit meinen, das habe ich schon oft erlebt, die lachen uns aus.

Tatsächlich?

Wenn ich in Norwegen unter Männern sein will, muss ich auf die Herrentoilette gehen, aber das ist nicht dasselbe, ich habe dort nie dieselbe Ruhe verspürt wie jetzt hier. Wir sollten zu Hause auch so ein Bad bauen, das kann doch nicht die Welt kosten, außerdem stinken wir vor Geld, Fvonk, und die Budgetregel für den Ölfonds habe ich mir ja auch schon vor langer, langer Zeit ausgedacht, kannst du dir vorstellen, wie ich die Leute genervt haben muss, ich war wirklich ungenießbar, habe über kaum was anderes geredet, nicht zu fassen, dass die Leute mich überhaupt noch ertragen haben. Aber heute haben wir ja Geld, Fvonk, wir könnten uns den Arsch vergolden lassen, haha, sagt man nicht so, und trotzdem maule ich tagein, tagaus herum, dass wir Maß halten sollen, immer und immer wieder sage ich das, aber weißt du was, so langsam kommen mir Zweifel, vielleicht stimmt es ja gar nicht, vielleicht sollten wir einfach drauflöswirtschaften, Straßen bauen und Tunnels und eine Million Einzelzimmer in den Pflegeheimen, aber das kann ich nicht öffentlich sagen, das verstehst du doch sicher, ich kann meine Forderungen nicht widerrufen, da würde die Apfelfrau nie wieder aufhören zu lachen, und das könnte ich nicht ertragen, das Lachen der Apfelfrau, Fvonk, ist das Letzte, was ich abends vorm Einschlafen höre, und ihr schiefes, beleidigtes Lächeln ist das Letzte, was ich sehe.

142) Sie bleiben lange in dem heißen Wasser sitzen. Dann und wann gehen sie in den Nachbarraum und tauchen nach dem Vorbild der Einheimischen in ein Becken mit kaltem Wasser, dann gehen sie zurück ins heiße. Dampf und Geräusche lullen sie ein, es ist wie ein leichter champagnerartiger Rausch.

Gerade fällt mir ein Traum ein, den ich vor ein paar Tagen hatte, sagt Jens.

Hmm?

Ich hatte drei Jahre gebraucht, um eine Laubhütte zu bauen und sie mit Blüten auszuschmücken. Drei Jahre, Fvonk. Das ist lang. Übrigens war ich ein Vogel, das hatte ich vergessen zu erwähnen. Ein kleiner Vogel auf Neuguinea, ich hüpfte in meiner Hütte umher und machte alles für den großen Augenblick bereit, und es kamen ein paar Vogelmädchen, aber die flogen einfach weiter. Mein Bauwerk war ihnen offenbar nicht gut genug, oder aber sie waren nicht gut genug für mein Bauwerk, diese Deutung ist mir eigentlich lieber. Aber dann kam noch ein Mädchen, das war die Apfelfrau, als Vogel, sie hüpfte in meine Hütte und kam zu mir. Sie schaute mich an und hüpfte ein paar Mal um mich herum und schnupperte, dann drehte sie sich plötzlich um und hob den Schwanz, und ich machte mich bereit, aber genau in dem Moment, als ich aufsteigen wollte, flog sie weg, lachend, mit ihrem heiseren Raucherinnenlachen. Und ich stand allein da. Das ganze Gebaue für nichts und wieder nichts. Sie ist ein falscher Fuffziger, Fvonk. Eigentlich müsste ich die anderen Parteichefs vor ihr warnen.

143) Weißt du, woran ich jetzt denke, Fvonk?

Nein.

Rat mal.

Die Neujahrsansprache?

Nein, dieses eine Mal nicht, an die habe ich schon seit ein paar Tagen nicht gedacht, aber jetzt fange ich vielleicht wieder damit an, weil du sie erwähnt hast.

Oh, entschuldige, sagt Fvonk.

Natürlich, aber du könntest künftig ein bisschen darauf

achten, was du sagst, Wörter sind Taten, Fvonk, Wörter können verletzen.

Fvonk nickt. Jens schweigt.

Wo war ich?, fragt er schließlich.

Du hattest an etwas gedacht.

Ja, an meine Haare.

Aha.

Ja. Das tue ich sonst nie. Aber jetzt auf einmal.

Und was denkst du über deine Haare?

Ich denke, es ist ein bisschen schade, dass es in Skandinavien so wenig akzeptiert wird, wenn man sich die grau werdenden Haare färbt.

Du hältst dich doch ziemlich gut.

Danke, danke, stimmt schon, sagt Jens, aber ich gebe gern zu, dass ich immer mehr Lust bekomme, sie zu färben, schau mal hier an den Schläfen, das ist doch ärgerlich, findest du nicht, du bist ja auch ziemlich grau, mehr als ich jedenfalls.

Ich habe mich daran gewöhnt, sagt Fvonk.

Das werde ich sicher auch, sagt Jens. Aber ich denke eher an das, was objektiv gut aussehend ist, die Wähler pfeifen ja drauf, wie ich mit dem Älterwerden zurechtkomme, sie wollen einfach einen klugen, ausgeglichenen und bis zu einem gewissen Grad jugendlichen und hübschen Premierminister, und da zählen die Haare ziemlich viel, Fvonk, so ist das heutzutage. Ob du es magst oder nicht, so ist es. Früher konnten Premierminister aussehen, wie sie wollten, sie konnten sich in hässlichen Unterhosen fotografieren lassen, ohne dass es etwas ausmachte, aber diese Zeiten sind vorbei.

144) In Italien, sagt Jens, da haben sie eine ganz andere Kultur der Schamlosigkeit, alle machen mit, auf diese Weise wird es sozial ganz anders akzeptiert, keiner findet es selt-

sam, dass Berlusconi sich die Haare färbt, keiner stört sich daran, dass er sich mit Frauen umgibt, die nicht mal halb so alt sind wie er. Von solchen Verhältnissen können wir in Norwegen nur träumen, Fvonk.

145) Apropos Berlusconi, ich hab da mal ein Interview mit einer Frau gelesen, die eine Nacht mit ihm verbracht hatte, gegen Bezahlung, so weit also sozusagen alles in Ordnung, an Geld fehlt es Berlusconi ja nicht, aber sie hatte auch mit ihm über ein Hotel reden wollen, in das sie investiert hatte, es gab da Probleme wegen irgendwelcher schwieriger Gemeindebürokraten, glaube ich, sie drohte eine ganze Menge Geld zu verlieren, darum wollte sie mit Berlusconi reden, ob der nicht an den richtigen Fäden ziehen konnte, damit das Hotel oder was es nun war doch noch die nötige Baugenehmigung bekommt. In ihrer Handtasche lief die ganze Nacht ein Aufnahmegerät, die Aufnahmen wurden später veröffentlicht, und weißt du was, man würde ja denken, das ist der letzte Nagel zum Sarg eines Staatschefs, stundenlanges Gepruste und Gegrunze und dann ein kurzes Gespräch, ob er nicht seine Macht nutzen könne, um dieser Frau in ihren wirtschaftlichen Dingen zu helfen, stell dir das bloß mal vor, bei uns zu Hause wäre das schädlich, so viel ist sicher, Fvonk, das kann ich dir versprechen, weder die Opposition würde das hinnehmen noch das sogenannte Volk, ich würde mein Amt verlieren, unehrenhaft, das kann man getrost behaupten. Nicht so in Italien, da sind die Leute stolz auf einen Premierminister mit gefärbten Haaren, der viril genug ist, um eine ganze Nacht mit einer beträchtlich jüngeren Frau durchzuhalten, sie haben vollstes Verständnis für seinen Trieb und seine Lust, es ist ihnen überhaupt nicht fremd, dass ein mächtiger Mann seine Stellung und sein Geld aus-

nutzt, um sich ein bisschen zu vergnügen, verstehst du, die Italiener scheinen eine bessere Fühlung zum Tierischen zu haben, sie lassen den Trieben die Zügel schießen, wenn es ihnen passt, bei uns hingegen darf man sich nicht mal die Haare färben und auch nicht mit irgendwelchen zufälligen Leuten schlafen, schon gar nicht gegen Bezahlung, ich weiß nicht, was ich sagen soll, manchmal fühlt es sich ziemlich eng an, Fvonk, findest du nicht, nicht einmal krankschreiben lassen kann man sich, ich weiß nicht, also ich, nein, ich weiß wirklich nicht, es ist eng.

146) Es ist ja auch nicht so, dass mir Teile der Medien gehören würden, nichts dergleichen, nicht mal eine kleine Radiostation, mir geht es ja gar nicht darum, mit Geld zugeschüttet zu werden, nur um ein bisschen Raum, Fvonk, ein bisschen Lebensraum.

Das Wort ist ideologisch vorbelastet, sagt Fvonk.

Jaja. Du verstehst doch, was ich meine, ein bisschen Bewegungsspielraum, das kann doch nicht zu viel verlangt sein, ein Premierminister sollte das Recht auf ein paar Partys im Jahr haben, in seinem Sommerhaus zum Beispiel, mit Whirlpool und ein paar VIPs, die kommen und gehen, und mit Frauen natürlich, verschiedenen Alters, begreifst du, was ich meine, oder rede ich ins Leere?

Ich begreife das gut, sagt Fvonk.

Wenn ich schon Macht habe, sollte ich doch ein paar Vorteile davon haben dürfen, oder?

Doch, schon.

Sonst bin ich ja wie alle anderen, mit dem einzigen Unterschied, dass ich gezwungen bin, extrem viel zu arbeiten.

Sag mal, spielst du vielleicht mit dem Gedanken, dich scheiden zu lassen?

Nein, natürlich nicht, sagt Jens, wie kommst du darauf?

War nur so mein Eindruck.

Das habe ich nicht gesagt, ich denke ja nur ein bisschen laut nach, mich scheiden lassen, haha, wie das aussehen würde, also wirklich, nee weißt du.

Berlusconi hat sich auch scheiden lassen.

Nein, seine Frau hat ihn verlassen.

Das ist doch dasselbe.

Nein, Fvonk, das ist ganz und gar nicht dasselbe.

147) Schau mal, sagt Jens und hält die Hände hoch, ich habe Waschfrauenhaut, am ganzen Körper, du auch?

Ja, sagt Fvonk.

Dann sind wir sowohl Waschfrauen als auch Blutsbrüder, strahlt Jens.

Beim Duschen lachen sie hemmungslos, dann ziehen sie die Bademäntel an und passieren den weiß gekleideten Masseur an dem Schalter auf dem Weg hinaus. Eine große Leichtigkeit erfüllt sie. Beide haben sich seit Langem nicht mehr so leicht gefühlt. Sie fahren mit dem Aufzug in ihre Etage und kichern, weil die Fahrstuhlführerin so streng dreinschaut und ein so süßes und kitschiges Kostüm anhat. Und auf dem schier endlosen Hotelflur fängt Jens ohne Vorwarnung an zu laufen, in langen, hoch ausgreifenden Schritten, er streckt die Brust raus und wedelt mit den Armen zur Seite und etwas rückwärts, mit wehendem Bademantel. Fvonk denkt nicht lange nach, sondern tut es ihm gleich. Sie machen riesige, lustige Schritte, und Jens stößt einen tiefen, heulenden Ton aus, er hat keine Ahnung, wo der jetzt herkommt. Jetzt sollte ihn die Apfelfrau mal sehen.

148) Sie lassen sich vom Zimmerservice etwas zu essen und Bier bringen, sitzen jeder auf einem 60er-Jahre-Sofa und schauen zusammen ungarisches Fernsehen. Ein Staatssekretär kommt herein und erkundigt sich, ob es Jens gerade passt, das Programm der nächsten Tage durchzusprechen.

Leider nicht, sagt Jens, ich erhalte gerade geistliche Beratung, die lässt sich weder unterbrechen noch verschieben. Hast du nicht gesagt, wir brauchen den restlichen Abend, Fvonk?

Oh ja.

Und morgen Vormittag auch?

So ist es, sagt Fvonk.

Jens breitet resigniert die Arme aus, der Staatssekretär soll begreifen, dass sich das seinem, Jens', Einfluss entzieht.

Als der Mann verschwindet, lacht Jens von Herzen. Wo waren wir gerade?, fragt er.

Wir waren nirgends, sagt Fvonk. Ich kann mich nicht erinnern, dass wir über etwas geredet hätten.

Wie herrlich, sagt Jens.

149) Irgendwann wird Jens müde und legt sich ein bisschen hin.

Weckst du mich in einer halben Stunde?

Kann ich gern machen, sagt Fvonk.

Ich muss vor dem Abend noch ein bisschen regieren.

Mmm.

Kein Laut kommt mehr aus Jens' Teil der kleinen Suite, und Fvonk hängt seinen Gedanken nach, die jetzt etwas weniger quälend sind als sonst. Lange liegt er da und blickt auf den Fernseher, irgendeine finnougrische Gameshow, von der er natürlich kein Wort versteht. Auf einmal hat er Lust zu malen, es ist ein anderer Impuls als sonst, denn wenn er sonst darauf Lust bekommt, ist da dieser destruktive Anteil, aber er weiß irgendwoher, wenn er jetzt malt, dann werden das nicht wieder allerlei düstere Fraktale, sondern etwas Konkretes, die Darstellung eines Gegenstandes vielleicht, oder eines Menschen, er dreht sich zu Jens um, er hatte noch nie das Bedürfnis, Jens zu malen. Jetzt aber schiebt er den Schreibtisch zu Jens' Bett hinüber und holt den Tuschkasten und den Aquarellblock aus dem Koffer. Er malt viele Versionen, in verschiedenen Farben, unter verschiedenen Beleuchtungen, wenn er die Badezimmertür ein wenig offen stehen lässt, fällt ein Streifen blassen Lichts auf Jens' Gesicht, das ist stimmungsvoll. Schlafender Premierminister. So lautet der Titel zunächst. Aber er passt nicht recht. Schlafender Freund. Fvonk malt, bis er selbst auf dem Sofa einschläft. Große Teile des Bodens sind mit trocknenden Schlafenden Freunden bedeckt.

150) Gegen drei Uhr nachts weckt Jens Fvonk, er schüttelt ihn erbost.

Du hast mich doch wecken sollen, sagt er.

Ich hab's vergessen, sagt Fvonk, ich hab so viel gemalt.

Und ich hätte regieren müssen und alles, sagt Jens.

Ja, das tut mir leid, das war blöd, sagt Fvonk. Kannst du nicht jetzt regieren?

Da fällt Jens' Blick auf die Bilder am Boden. Er nimmt sie hoch und schaut sie an. Dann deckt er Fvonk zärtlich mit einer Wolldecke zu.

151) Eine Stunde später weckt Jens Fvonk erneut.

Was ist denn jetzt schon wieder?

Es ist etwas Seltsames passiert, sagt Jens, etwas sehr, sehr Seltsames, es ist ein wenig heikel, aber nicht so schlimm, dass es die Grenzen unserer Freundschaft sprengen würde.

Kann das nicht bis morgen warten?

Nein, komm schon.

Er geht ins Bad voraus und deutet auf die Toilette.

Ich saß auf dem Klo und dachte ausnahmsweise mal an absolut nichts, und als ich aufstand, warf ich einen Blick hinter mich, das ist so eine Gewohnheit, ich habe gehört, wenn es schwimmt, dann heißt das, man hat genug Ballaststoffe zu sich genommen, wenn es versinkt, dann nicht, ich weiß nicht, ob das stimmt, aber es hat sich irgendwie bei mir festgesetzt, jaja, egal, es schwimmt, also ist alles in Ordnung, aber da ist etwas anderes, das mir Sorgen macht.

Während er spricht, wandert Jens beunruhigt auf und ab.

Soll ich es mir mal ansehen?, fragt Fvonk.

Oh ja, bitte, ich weiß, das ist viel verlangt.

Macht mir nichts aus, wonach soll ich schauen?

Sag einfach, was du meinst, wie es aussieht.

Fvonk tritt vor die Toilette und schaut hinein, er findet, das sieht aus wie ziemlich gewöhnlicher Stuhlgang, und das sagt er auch.

Nein, sagt Jens, schau noch mal nach, näher.

Fvonk sieht näher nach, er schüttelt den Kopf.

Ich weiß wirklich nicht, worauf du hinauswillst, sagt er.

Siehst du wirklich die Ähnlichkeit nicht, ein Kopf, etwas vorgebeugt, mit einem Bart, die Arme leicht zur Seite geöffnet?

Arme?, fragt Fvonk, ich kann keine Arme sehen.

Doch, doch, sagt Jens, sie sind sehr kurz, wie auch anders, aber trotzdem, und ein angedeuteter Kittel mit Falten, zur Seite hinunter, und hinten.

Na gut, sagt Fvonk, wenn du es sagst, es ist nicht sehr

deutlich, aber ich kann es mir vorstellen, wenn du unbedingt meinst, dass es wichtig ist, du findest also, das ist eine Art menschliche Figur?

Ja.

Mohammed?

Das habe ich auch erst befürchtet, sagt Jens, eine Todesangst hat mir das eingejagt, aber dann habe ich genauer hingesehen, und ich glaube, es ist der Erlöser. Jesus von Nazareth, siehst du das nicht?

Ich finde es nicht ganz offensichtlich, sagt Fvonk, aber ich will natürlich auch nicht ausschließen, dass du recht haben könntest.

Haargenau wie die Statue auf dem Berg bei Rio, ich weiß, wovon ich rede, ich habe sie mit eigenen Augen gesehen.

Vielleicht gibt es gewisse Ähnlichkeiten, aber weiter würde ich doch nicht gehen wollen.

Jens lässt sich auf den Boden plumpsen und lehnt sich an die Badewanne.

Als hätte ich nicht ohnehin schon genug Probleme, sagt er, es überrascht mich immer wieder, wie das Leben eine Prüfung nach der anderen für mich bereithält, nie einen Moment Ruhe, irgendwas ist immer. Ein einziges Mal entspanne ich mich ein bisschen und denke an nichts und mache riesige, lustige Schritte, da bringen meine Eingeweide verdammt noch mal ein Abbild Jesu hervor, das ist nicht gerecht.

152) Ich finde, du solltest dem jetzt nicht zu viel Bedeutung beimessen, sagt Fvonk.

Was heißt zu viel Bedeutung, sagt Jens, natürlich messe ich dem viel Bedeutung bei, das würde doch jeder tun, der eine Statue des Erlösers kackt.

Wir müssen schon auch noch mit der Möglichkeit rechnen, dass er es gar nicht ist.

Natürlich ist er es, sagt Jens, du versuchst nur, mich zu trösten. Das ist ja nett von dir, aber es schafft mir das Problem nicht vom Hals. Jemand versucht mir etwas zu sagen, da bin ich ziemlich sicher.

Wer soll das denn sein, und was will er dir sagen?

Ich bin kein bekennender Christ, weißt du, ich habe immer gefunden, Religion hat in der Politik nichts zu suchen, und das ist einer ganzen Reihe von Leuten gar nicht recht. Viele meinen, wer das Land regiert, der verfüge über eine Art göttliches Mandat oder so, das ist natürlich blühender Unsinn, und bislang hatte ich nicht das geringste Problem, dagegen zu argumentieren, aber wenn meine Eingeweide jetzt anfangen, aus Essensresten den Erlöser zu formen, stimmt mich das nachdenklich. Was tun wir jetzt, Fvonk, du musst mir helfen, was zum Teufel tun wir jetzt?

Fvonk wandert durch das Badezimmer, nichts in seinem Leben hat ihn auf diese Situation vorbereitet.

Nein, sagt er, mir fällt nichts ein, dir?

Punkt eins, sagt Jens, es darf nicht herauskommen, stell dir bloß mal vor, das kommt heraus, die Journaille wird monatelang in meinem Abwasser herumschnüffeln, für die Opposition wäre es das reinste Weihnachtsgeschenk, Himmel hilf, ich darf nicht daran denken, die Apfelfrau würde durchdrehen, die rot-grüne Koalition zerbrechen, die Linken sich totlachen, das wird kein Ende haben, begreifst du das?

Okay, sagt Fvonk, dann müssen wir wohl ein Foto von deinem Jesus an irgendeine christliche Autorität schicken.

Nein, sagt Jens, bloß keine Bilder, meine Kinder haben

mich gewarnt, man soll nie ein Bild machen, das nicht auf der Titelseite eines Revolverblatts erscheinen dürfte.

Es ist die einzige Lösung, sagt Fvonk.

153) Fvonk fischt die vermeintliche Jesusfigur aus dem Klo, legt sie auf ein Blatt Aquarellpapier und fotografiert sie mit seinem Mobiltelefon. Dann schickt er das Bild mithilfe von Jens' beeindruckender Sammlung von Telefonnummern an eine Handvoll Leute, von denen man annehmen darf, dass sie auf dem Gebiet eine Autorität sind. Der Begleittext lautet: Who, if anybody, is this?

154) Wenn da was dran ist, muss ich mein ganzes Leben überdenken, sagt Jens.

Nur die Ruhe, sagt Fvonk. Es ist ja doch nur eine Kackwurst.

155) Als Fvonk gerade wieder einschläft, hört er Jens' vorsichtige Nachtstimme vom anderen Ende der Suite.

Du?

Ja.

Glaubst du, es gibt da etwas, irgendwie, etwas anderes als uns, etwas Größeres und anderes, das uns vielleicht die ganze Zeit sehen kann und uns behütet?

Nein, sagt Fvonk.

Es ist lange still.

Ich auch nicht, sagt Jens.

156) Als Fvonk aufwacht, liegt Jens im Bett und regiert mit sicherer Hand. Er spricht in zwei Telefone zugleich und tippt dabei auf seinem Laptop. Fvonk muss an Jens' Bett vorbei, wenn er ins Bad will, und als er Guten Morgen sagen will, hebt Jens die Hand mit einer Miene, die Fvonk deutet als: *Jetzt nicht, du siehst doch, ich regiere, außerdem sollen die, mit denen ich rede, nicht mitbekommen, dass ich mein Hotelzimmer mit einem teile, der in Unkultur verwickelt gewesen ist.* Es ist nur eine winzige Geste, aber sie erschüttert Fvonks fragiles Selbstbewusstsein zutiefst, er fühlt sich als Wegwerf-Freund behandelt, er spürt einen Klumpen im Bauch, und als er gleich darauf Wasser lässt, fühlt es sich an, als würde er Blut pissen.

Aha, denkt er, na gut, wenn das so ist.

Er vermeidet es, in Jens' Richtung zu blicken, als er aus dem Bad kommt, er zieht sich lautlos an und geht hinunter frühstücken. Er besorgt sich einen Stadtplan und macht sich daran, einen Tag ohne Jens zu planen.

Mir doch egal, was der Wichtigtuer vorhat, denkt Fvonk, wenn er glaubt, es beeindruckt mich, wie er da sitzt und mit der Macht spielt, hat er sich geschnitten, ich brauche Stabilität in meinem Leben und Nachhaltigkeit, große, offene Landschaften, Verständnis und Gegenseitigkeit. Das Letzte, was ich brauchen kann, ist einer, der mich seinen Freund nennt, aber mich für unwichtig erachtet, wenn es darauf ankommt. Falls Jens denkt, er kann kommen und gehen, wie er will, mich in dem einen Augenblick seinen Freund und Ratgeber nennen und mich im nächsten vollständig übersehen, ja, dann pfeif ich doch auf das Ganze. Fvonk beißt die Zähne zusammen, während sich ein paar winzige Tränen aus seinen Augenwinkeln stehlen, die Wangen hinunterkullern und rechts in den Orangensaft, links auf das Ende eines Croissants fallen. Und ich hab ihn gemalt und alles, denkt er, ich hab sogar seine Scheiße fotografiert. Und das soll jetzt der Dank sein.

157) Da bist du ja, sagt Jens erleichtert, warum hast du nicht gesagt, wo du hingehst?

Fvonk dreht den Kopf weg, damit Jens nicht sieht, dass er traurig ist.

Aber mein Lieber, sagt Jens, was ist denn, bist du traurig?

Fvonk sagt nichts, aber seine Augen laufen über, und er muss sich am Tisch festhalten, um Luft zu bekommen.

Hat es etwas mit uns zu tun?, fragt Jens.

Fvonk beißt die Zähne zusammen.

Hab ich was gemacht?

Fvonk nickt.

Ist es, weil ich arbeiten musste?

Fvonk sieht ihn an.

Ich hab hinterher schon gedacht, sagt Jens, dass das ein bisschen unsanft war. Ich hatte Stress, das musst du entschuldigen, aber ich habe regiert, das muss ja schließlich auch mal getan werden. Ich kann nicht all meine Zeit für mein Privatleben aufwenden, so gern ich das auch tun würde. Außerdem war ich wegen dieser Jesusfigur abgelenkt und nicht wirklich im Empfangsmodus. Ich musste mich über verschiedene Ereignisse informieren, zum Beispiel habe ich in einer Mail gelesen, dass Jonas in der Fragestunde tatsächlich sein Fett weggekriegt hat, hehe, das hat mir ehrlich gesagt gutgetan, aber du darfst das nicht persönlich nehmen, ich bin ein anderer, wenn ich regiere. Ich mag dich immer noch genauso gern.

Du hast mich nicht behandelt wie einen Freund, sagt Fvonk.

Jens kommt um den Tisch und umarmt ihn.

Mein Fvonki, sagt er. Mein lieber guter Fvonki. Das soll nie wieder vorkommen. Ich wusste ja nicht, dass du dir das so zu Herzen nimmst. Aber so wird man wegen der Unkultur, das habe ich schon erlebt, in der Politik. Sind wir wieder Freunde? Sag, dass wir wieder Freunde sind.

Okay, wir sind wieder Freunde, sagt Fvonk.

158) Übrigens, hast du schon was von denen gehört, denen wir das Foto geschickt haben?

Das habe ich ganz vergessen, sagt Fvonk. Ich hab noch nicht mal das Telefon angemacht.

Dann guck doch bitte mal nach.

Fvonk schaltet sein Telefon ein, tippt den PIN-Code ein, dann warten beide still, während das Telefon eine Verbindung sucht, kleine Schweißtropfen sammeln sich auf Jens' Stirn und Nasenwurzel. Plötzlich ertönt der polyfone und viel zu laute Signalton, und mehrere verpasste Anrufe und Nachrichten werden angezeigt. Jens sieht Fvonk an und ergreift seine Hand, er drückt sie fest.

Die erste Nachricht ist von Carola Häggqvist, der schwedischen Gospel- und Schlagersängerin. Sie schreibt: Der Name Jesu so himmlisch mir klinget/Dass er meines Herzen Liebe gewann/Dieser Name Erlösung mir bringet/Kein Name sonst das Heil bringen kann.

Phrasen, sagt Jens.

Fvonk klickt die Liste durch. Jens' christlicher Amtsvorgänger verbittet sich nächtliche SMS blasphemischen Inhalts, der Bischof von Oslo schreibt, falls derlei Belästigungen weitergehen, werde er deren Urheber in Erfahrung bringen und gerichtliche Hilfe in Anspruch nehmen, um das zu beenden, Sie sind ein kranker Mensch, schreibt er.

Ich mag ja krank sein, sagt Jens, aber von einem Mann der Kirche hätte ich etwas mehr Nächstenliebe erwartet. Ich dachte, so einer wie er ist verpflichtet, sich in die Lage anderer zu versetzen.

Der hat sicher auch so seine Probleme, sagt Fvonk, wie alle anderen, man wird nicht automatisch nächstenliebend und warmherzig, nur weil man Christ ist.

Wohl wahr, sagt Jens.

Das Oberhaupt der Church of England schreibt: Thank you for this most remarkable image of our Saviour, God bless.

Dann ist es Jesus, sagt Jens, verflucht.

Wart mal, sagt Fvonk, ich sehe gerade, Lønning hat mehrmals angerufen. Ich würde vorschlagen, ich versuche erst mal, ihn zu erreichen, bevor du übereilte Schlüsse ziehst. Immerhin ist der nicht nur Theologe, sondern war auch Politiker und ist ein etwas nüchternerer Typ als die anderen da. Fvonk wählt und wartet, Jens zerquetscht ihm schier die Hand. Ja, hallo, sagt Fvonk, ich hoffe, ich störe nicht, aber Sie haben mich elf Mal angerufen, ja, ich habe dieses Bild geschickt, ja, ja, nein, ein Freund von mir, ja, nein, wir haben es dann weggespült, jetzt ist es irgendwo in der Donau, aber was meinen Sie, aha, oha, sind Sie da sicher, schön, ja, nein, ich weiß nicht, was er gegessen hatte, ja, ja, aber was bedeutet es, okay, also er braucht nichts Besonderes zu tun, ach so, ja, verstehe, danke sehr, auf Wiederhören.

Was hat er gesagt?

Er hat gesagt, sagt Fvonk, dass aus der Perspektive der christlichen ikonografischen Tradition diese Abbildung sehr weit von Jesus entfernt ist, es ist schlicht und einfach nicht Jesus. Bombensicher.

O Gott, bin ich erleichtert, sagt Jens.

Aber, sagt Fvonk, er weist darauf hin, dass da eine Ähnlichkeit mit Gabriel vorliegt, dem Erzengel, und zwar eine so starke, sagt Lønning, dass kein Zweifel besteht: Er ist es.

Sieben, acht Sekunden lang starrt Jens finster vor sich hin.

Mit anderen Worten, ich habe den Erzengel Gabriel geschissen, sagt er mit dünner Stimme.

Ja, sagt Fvonk, sieht ganz so aus.

Aber was hat das zu bedeuten, fragt Jens, es muss doch ein Zeichen sein oder so, ich merke, dass mich das ziemlich nervös macht.

Lønning sagt, sagt Fvonk, es ist wahrscheinlich ein Hinweis darauf, dass du von großer innerer Unruhe getrieben bist, die nur in einem Kirchenraum gelindert werden kann.

Das hat er wirklich gesagt?

Ja.

Meine Herren. Er hat recht. Ich verspüre eine große innere Unruhe.

Da kannst du mal sehen.

Und sie wird jeden Tag größer. Und was soll ich unternehmen? Hat er das gesagt?

Er sagte, da sei nichts zu machen. Du sollst die Tatsache akzeptieren und lernen, damit zu leben. So etwas kommt dann und wann mal vor. Er hat davon schon mal gehört.

Hat er das?

Ja, offenbar schon. Er schien es nicht besonders dramatisch zu finden. So etwas komme eben vor.

Was es nicht alles gibt.

Ja, und ich dachte, es ist nur eine ulkige kleine Kackwurst.

Jens schüttelt den Kopf.

Du bist so unglaublich naiv, Fvonk, rührend naiv. In der Politik würdest du nicht eine Stunde überleben.

159) Jens findet, sie schaffen gerade noch einen Besuch im Zoo von Budapest, bevor sie zum Flughafen müssen. Er will sich gern mit Tieren umgeben, sagt er. Die Menschen ist er so leid. Man weiß nie, was denen noch alles einfällt. Außerdem gibt es da ein besonderes Tier, das er sehr gern sehen will. Ja, mehr als gern, Fvonk, ich habe das tiefe Bedürfnis, es zu sehen. Schon seit Jahren habe ich dieses tiefe Bedürfnis, aber nur sehr wenige Tierparks haben dieses Tier, und bisher hat es nie gepasst.

In der S-Bahn zum Zoo hält sich Fvonk mucksmäuschenstill auf seinem Platz. Drei Frauen im fruchtbaren Alter sitzen ganz in seiner Nähe. Zwei von ihnen tragen unheimliche Sonnenbrillen, die Dritte spricht ununterbrochen auf Ungarisch in ihr Mobiltelefon und schaut dabei in Fvonks Richtung. Das ist alles von langer Hand geplant. Natürlich schlagen die Schwangeren zu, während er im Ausland ist. Total professionell, das muss er ihnen lassen. Die Schwangeren aller Länder halten zusammen, und das Problem eines Landes lässt sich durchaus in einem anderen Land lösen. Ihm bricht der kalte Schweiß aus, und er erstarrt. Bald liegt er am Grunde der Donau. Jens bemerkt nicht einmal, in welcher Gefahr er sich befindet. Er scherzt mit seinen Bodyguards und probiert eine Kaninchenfell-Mütze auf, die er an einem Stand am Eingang zur S-Bahn gekauft hat. Unglaublich, dass ein derart unaufmerksamer Mensch so eine hohe Stellung erringen kann.

160) Ich war sicher, dass sie hier einen Liger haben, sagt Jens, als er enttäuscht den Lageplan des Zoos studiert, ich war ganz sicher, dass sie einen Liger haben.

Fvonk weiß nicht, was ein Liger ist, ist aber zu stolz, um zu fragen, die Bodyguards gehen zehn Schritte hinter ihnen, Sonnenbrillen, in leiser Unterhaltung, Fvonk nimmt an, sie reden über die Instandhaltung von Wochenendhäusern.

Immerhin haben sie ein Gorillababy, sagt Fvonk, und einen neugeborenen Orang-Utan.

Menschenaffen haben mich nie interessiert, sagt Jens. Einen Liger hingegen will ich schon lange mal sehen. Ich habe sogar versucht, den Tierpark Kristiansand zur Anschaffung eines Ligers zu bewegen, aber die weigern sich. Ich kann das nicht nachvollziehen, wahrscheinlich stecken die pietistischen Pressure Groups aus Südnorwegen dahinter, es ist hoffnungslos. In so gut wie allen Ländern würden die Zoodirektoren den Hinweis ihres Premierministers aufgreifen und einen Liger anschaffen, aber nicht in Norwegen, das ist doch peinlich.

Fvonk nickt.

Was, denkst du, würde passieren, wenn Berlusconi den Zoo von Rom anweist, einen Liger zu besorgen?

Sie würden einen Liger besorgen.

Genau, sagt Jens, darauf kannst du einen lassen, das würden sie tun, aber nicht in Norwegen, eigentlich ist es ja charmant, dass die Norweger wenig Respekt vor Autoritäten haben, aber einen Tipp dieser Qualität zu missachten, ist nur noch peinlich, ein Liger würde doch dafür sorgen, dass die Leute vor Freude aus dem Häuschen geraten, ich weiß nicht, was die denken.

Sie gehen ein paar Schritte, ohne etwas zu sagen. Fvonk zögert. Jens sieht es.

Was ist, sagt er. Raus mit der Sprache.

Ich muss zugeben, dass ich eigentlich nicht so recht weiß, was das ist, ein Liger, sagt Fvonk.

Jens bleibt jäh stehen und packt ihn mit beiden Händen beim Jackenkragen.

Was, ruft er, du weißt nicht, was ein Liger ist?

Die Bodyguards kommen gerannt und fragen Jens, ob Fvonk ihm lästig ist.

Ja, sagt Jens, er weiß nicht, was ein Liger ist.

Wie sich herausstellt, wissen die Bodyguards das auch nicht. Jens sieht sie resigniert an.

Himmel und Hölle, sagt er, ich meine wirklich, ich gebe mein Bestes, sowohl im Job als auch privat, und obwohl die Zeiten schwer sind, halte ich durch, so gut ich kann. Aber die Unwissenheit rund um mich herum nimmt derartige Ausmaße an, manchmal frustriert mich das, ich gebe es gern zu, manchmal habe ich einfach Lust, mich nur noch hinzulegen, es macht mich melancholisch, ich fühle mich einsam, einsam und verlassen.

Jens lässt sich auf eine Bank plumpsen.

Liebe Leute, sagt er, ein Liger ist der Abkömmling eines Löwenmännchens und eines Tigerweibchens. Es ist die größte Großkatze der Welt. Anders als Löwen schwimmen Liger gern, sie können nicht auf Bäume klettern, und die Männchen sind steril. So, jetzt wisst ihr's. Vor nicht langer Zeit wurden in Taiwan drei Liger geboren, wahrscheinlich hat ein Tierpfleger mal kurz nicht hingeschaut, und ein Löwe hat die Chance genutzt, ich kann ihn eigentlich verstehen, die Tigermädchen sind wirklich hübsch, wisst ihr, also er los und drauf, das geht bei Katzen schnell, nicht wie bei uns, wir müssen minutenlang durchhalten, nein nein, ein paar Sekunden, und peng, das war's. In Taiwan gibt es nicht so viele Treffen von Staatschefs, also bin ich hierher gefahren, aber das hätte ich mir gespart, wenn ich gewusst hätte, dass die hier nicht einen einzigen Liger haben, das werdet ihr verstehen, ich habe schlechte Berater, und ich bin viel zu nett, damit ist jetzt Schluss, Köpfe müssen rollen. Ich will nur noch nach Hause.

Immer mit der Ruhe, sagt Fvonk, du bist ein bisschen außer dir wegen dieser Gabriel-Sache. Das ist begreiflich. Aber das ist kein Grund, es an anderen auszulassen. Jetzt essen wir erst mal ein Eis und überdenken die Lage, was? Ich gehe welches holen.

Ich will kein Eis, sagt Jens.

Komm schon, sagt Fvonk, klar willst du ein Eis.

Nein, sagt Jens.

Doch sicher, was willst du, Jens, Erdbeer?

Erdbeer schon mal auf keinen Fall, sagt Jens.

Schokolade?

Kauf ein Schokoladeneis, wenn es unbedingt sein muss.

161) Sie sitzen lange auf einer Bank, erst gibt es zwei Eis, dann kauft Fvonk Würstchen mit weißen Brotscheiben, und am Ende werden noch drei, vier Bier gezischt.

Es ist nicht normal, so zu reagieren, nur weil ein Zoo keinen Liger hat, sagt Fvonk.

Nein, sagt Jens, ich weiß.

Du kannst die Leute nicht so behandeln.

Ich war so enttäuscht. Du ahnst nicht, wie ich mich darauf gefreut hatte, einen Liger zu sehen.

Das ändert nichts daran, sagt Fvonk.

Die Wahrheit ist, dass es mir vor zu Hause graust. Es war so herrlich, herzukommen und alles ein bisschen vergessen zu können. Die Freiheit, die ich gestern im Hotelflur gespürt habe, Fvonk, das war was ganz Einzigartiges. Aber jetzt kommt das Alte wieder und greift nach mir, das Land, das die ganze Zeit regiert werden muss, und all die Termine und der übertüchtige Jonas und die Apfelfrau und alles andere, das macht mich fertig, Fvonk.

Ich verstehe.

Und diese Gabriel-Geschichte erhöht den Druck noch zusätzlich. Ich will weg von mir selbst. Wir sollten zusammen abhauen, du und ich.

Er schielt zu den Bodyguards hinüber, als hätte er Angst, dass sie hören könnten, was er da sagt.

Was hältst du davon? Wir hauen ab und fahren in den Süden.

162) Was ist das da eigentlich für ein Tier?, fragt Fvonk und deutet auf einen großen, eigenartigen Vogel, der im Gehege gegenüber herumläuft. Er steht auf und liest die Infotafel. Helmkasuar, sagt er.

Lustig, sagt Jens.

Ja, sagt Fvonk.

Wo kommt der her?

Er lebt auf Neuguinea und in Australien, liest Fvonk vor. Jens kommt näher, lehnt sich an den Zaun und hält dem Helmkasuar ein Stück Brot hin, das der respektlos schnappt.

Den mag ich, sagt Jens, sieh dir mal die Kralle da an.

Er deutet auf die Kralle am Fuß des Kasuars, so eine Kralle könnte man in der Politik gut brauchen, haha, damit könnten wir aufeinander losgehen, wenn die Worte nicht reichen, und sie reichen nicht, Fvonk, sie reichen nie, ein langes Politikerleben hat mich gelehrt, dass sich die allermeisten Diskussionen und Debatten im Kreis drehen und den anderen Diskussionen und Debatten zum Verwechseln ähnlich sind, wenn man das eine Zeit lang mitgemacht hat, durchschaut man das, und die Geduld bei der nächsten anstehenden Debatte sinkt beträchtlich. Mir ist schleierhaft, wie manche Leute es ein ganzes Erwerbsleben lang in der Politik aushalten können, ich hoffe innig, dass mir dieses Schicksal erspart bleibt. Ich wünsche mir genau so einen Vogel, Fvonk, und so eine Kralle, dann kann ich der Apfelfrau den Bauch aufreißen, haha, zitier das bloß nicht, oder den egoistischen Christenpremier durchbohren, der mir für alle Zukunft die Krankschreibung vermasselt hat, das zitierst du bitte auch nicht, bang, voll in den Bauch, das würd ich gern mal sehen, nimm das, du labiler Christenhund, haha!

Jetzt beruhige dich mal ein bisschen, sagt Fvonk.

Sag nicht, ich soll mich beruhigen.

Du läufst vor negativer Energie über. Das ist eines Premierministers unwürdig und ein Zeichen dafür, dass du auf eine Art Wendepunkt zusteuerst.

Aber, sagt Jens, es kommt einfach so, ganz von selbst, es ist zum Verzweifeln, ich kann es nicht steuern.

Setz dich mal auf die Bank und fluche ein bisschen, sagt Fvonk.

Findest du?

Ja.

Willst du neben mir sitzen und zuhören?

Nein.

Meinst du serbisches Fluchen?

Natürlich.

Gut, sagt Jens, denn diese Tradition ist nach Jahrhunderten von Kriegen und Hass zwischen den Bevölkerungsgruppen sehr ausgeprägt.

Ja, das habe ich verstanden.

Habe ich dir mal erzählt, dass Belgrad die Stadt auf der Welt ist, die am häufigsten zerstört wurde?

Nein.

Ich glaube, an die vierzig Mal. Stell dir bloß die ganze mühsame Aufräumerei und den ganzen emotionalen Stress vor, kein Wunder, dass man da gut im Fluchen wird, wir Norweger kommen da bei Weitem nicht ran, da sind die Serben uns überlegen, Fvonk, weit, weit überlegen.

Fvonk deutet streng auf die Bank. Jens setzt sich hin, er schließt die Augen und sagt zehn Sekunden lang nichts, zwanzig Sekunden, Fvonk sieht seine Kiefermuskeln arbeiten und hört ihn mit den Zähnen knirschen, dreißig Sekunden, vierzig, vierzig und noch ein paar, dann schlägt Jens die Augen wieder auf.

So, sagt er, du hattest recht, das hat gutgetan.

Du hast ganz schön große Probleme, sagt Fvonk.

Ja, sagt Jens, verrate das bloß niemandem.

163) Fvonk, Jens und zwei, drei Staatssekretäre sitzen in der Limousine zum Flugplatz. Zwei von den Staatssekretären blicken Fvonk verächtlich an. Der soll sich bloß nicht für jemand Besonderen halten. Geistlicher Ratgeber, hör bloß auf. Die Sorte kennen wir. Auf einmal fängt Jens an zu zittern.

Ich will nicht nach Hause, sagt er, bitte erspart mir das, ich will nicht nach Hause.

Wir müssen aber, sagt ein Staatssekretär. Heute Abend ist rot-grüne Koalitionsbesprechung.

Oh Scheiße, sagt Jens.

Das steht seit Wochen im Terminkalender.

Aber wir wissen doch haargenau, was die sagen werden, sagt Jens.

Die Staatssekretäre sehen einander an.

Darüber haben wir doch oft genug geredet, sagt einer von ihnen.

Blablabla, Unterseekabel im Hardangerfjord, sagt Jens und äfft den Dialekt der einen Regierungspartnerin nach, blablabla, Ölsande, blablabla, Lofoten und Versterålen und Vorratsdatenspeicherung und Afghanistan und Asylpolitik und Terrorismus und der Teufel und seine Großmutter, muss das denn wirklich sein, ich will die Mehrheit, ICH WILL DIE ABSOLUTE MEHRHEIT, ich bin es so leid, mit diesen Frauen zu reden, ich muss kotzen, ICH MUSS KOTZEN, ANHALTEN, SOFORT ANHALTEN, ICH MUSS KOTZEN!

164) Die Schwangeren haben Fvonks Abwesenheit genutzt, um sich besser zu organisieren. Ohne Zweifel ist die Frequenz der Straßenpatrouillen gestiegen. Die unbeschwerte Freude, die er im Ausland verspürt hat, ist bald verflogen. Er fühlt sich an sein Haus gefesselt, wagt sich nicht hinaus, lässt sich Nahrungsmittel vor die Tür liefern und bestellt beim Weinmonopol per Post. Unregelmäßige Mahlzeiten, gestörte Verdauung. Den Besuch beim Arzt verschiebt er abermals, an die Sporthochschule ist nicht mal zu denken.

165) Helga kommt zu Besuch. Fvonk räumt hektisch auf, macht Tee und holt die Dose mit den Lebkuchen. Sie sitzt mit etwas schräg nebeneinandergestellten Beinen, prinzessinnengleich, wie beim ersten Mal, als sie bei ihm war.

Wir machen uns große Sorgen um Jens, sagt sie.

Ich auch, sagt Fvonk.

Erzählt er dir etwas?

Er redet recht viel.

Seid ihr Freunde geworden?

Ja, so kann man es durchaus nennen.

Was sagt er über sich?

Dass er erschöpft ist.

Danke, das ist uns bekannt.

Ich glaube, er ist erschöpfter, als ihr denkt. Und er müsste mal so richtig ausrasten, ich glaube, er ist noch nie so richtig ausgerastet.

Helga notiert: ausrasten.

Könnt ihr ihn nicht einfach ein bisschen krankschreiben? Eine freie Woche würde Wunder wirken.

Das geht nicht, Fvonk, es ist nur noch ein Jahr bis zur Wahl, die Partei braucht einen Premier in Topform.

Genau das ist er nicht, in Topform.

Die Hosenanzugsfrau nimmt einen Lebkuchen und sieht Fvonk lange an.

Alle in Jens' Umgebung verfolgen diesen Prozess sehr genau, sagt sie, der Parteivorstand ist nervös. Wenn Jens fit ist, ist er ein fantastischer Premierminister, aber alle, die ihn kennen, sehen, wie ausgelaugt er zurzeit ist. Das ist ja auch überhaupt kein Wunder. Wenn es irgend möglich wäre, würden wir ihn liebend gern für eine oder auch zwei Wochen in den Süden schicken. Aber das geht nicht, Fvonk, das weiß Jens auch. Die Wirklichkeit macht keine Pause, nur weil er eine schwierige Zeit durchlebt. Jonas ist zwar bereit zu übernehmen, aber das Volk mag keine Unregelmäßigkeiten, wir haben Zahlen, aus denen hervorgeht, dass ein Wechsel des Premiers die Partei sieben bis acht Prozentpunkte kosten würde, obwohl Jonas beliebt ist, aber solche Veränderungen machen die Leute einfach nervös.

Fvonk sieht durchs Fenster eine von den Schwangeren auf der Straße und rutscht tiefer in seinen Sessel.

Stellen sie dir immer noch nach?

Fvonk nickt.

Wie lästig, sagt sie.

Ja.

Kurzum, Jens muss noch ein gutes Jahr lang den Kopf

über Wasser halten. Danach kann er so erschöpft sein, wie er will.

Genug geredet, sagt Fvonk. Können wir uns jetzt ausziehen?

Klar. Ich mag es, wenn du so direkt zur Sache kommst, sagt Helga.

166) Ein paar Wochen lang kommt Jens nicht. Fvonk sieht ihn im Fernsehen, er hat rot geränderte Augen und zögert bei Debatten länger als üblich. Die politischen Kommentatoren in den Zeitungen behandeln ihn dennoch freundlicher als sonst, vielleicht, weil man ihm seine Gequältheit so deutlich ansieht. Eines Abends steht er plötzlich in Fvonks Wohnzimmer, zwei Sporttaschen über der Schulter.

Weißt du was, sagt er, es bricht von allen Seiten derart über mich herein, dass ich beschlossen habe, einen harten, brutalen Schnitt zu machen.

Was bedeutet das, fragt Fvonk.

Das bedeutet, dass ich gekommen bin, um zu bleiben. Sollen sich doch die anderen die Scheiße aus dem Leib arbeiten. Ich habe ihnen gesagt, von mir aus kann Jonas übernehmen. Das will er ja eigentlich auch. Schon seit ich ihn ins Amt geholt habe, möchte er lieber Kalif sein anstatt nur Wesir. Anfangs habe ich das als Bedrohung erlebt, vor allem, als er im Politbarometer beliebter dastand als ich. Rasend hat mich das gemacht. Zu der Zeit kam es sogar manchmal vor, dass die Chefin der Konservativen, die üppige da aus Bergen, bessere Zahlen hatte als ich, und das ist ja wohl krank, Fvonk, das ist schlicht und einfach krank.

Ja, das ist krank, sagt Fvonk.

Und weißt du noch vor zwei Jahren, als ich die Trennlinie zwischen Norwegen und Russland in der Barentssee festgeklopft habe?

So ungefähr, sagt Fvonk, bei mir hat es zu der Zeit ziemlich düster ausgesehen.

Das musste ich so gut wie allein tun. Jonas hat nur gegen Ende ein winziges bisschen geholfen, auch wenn er selbst wahrscheinlich das Gefühl hat, er hätte wer weiß was getan. Sein Job ist ja easy, meistens reist er in der Welt herum und lächelt und verteilt Geld, wie schwierig soll das schon sein, und meist hatte er nicht genug Anstand im Leib, sich zurückzuhalten. Er kämpfte sich mit den Ellbogen vor und parlierte fließend Französisch und charmierte die Russen in Grund und Boden und landete mit ihnen auf den Titelseiten, während ich fast nur noch unter »ferner liefen« vorkam. Nein. Ich bleibe bei dir, Fvonk. Ich würde gern hier im Wohnzimmer schlafen, wenn du nichts dagegen hast. Unten in dem möblierten Zimmer ist es so öde. Sie haben mich auch nicht nach der Farbe gefragt oder sonst was, das hat der Staat alles über meinen Kopf hinweg entschieden. Ich hätte es ganz anders eingerichtet. Mir gefällt es hier oben besser, am liebsten würde ich dich fragen, ob ich nicht meine CD-Sammlung holen und zu deiner stellen kann, alphabetisch geordnet, es muss alphabetisch sein, sonst kann ich nicht schlafen, übrigens kann ich sowieso nicht schlafen.

Fvonk antwortet nicht.

Ich kann meine gern mit einem Stück Klebestreifen markieren, sagt Jens, falls du Probleme damit hast, ich kann farbigen Klebestreifen besorgen, so was haben wir in der Regierung, zum Beispiel roten, ich besorge roten Klebestreifen.

167) Jens geht weiterhin morgens zur Arbeit, er kommt seinen Pflichten nach, so gut er kann, aber meist ohne inneren Schwung. Die meiste Zeit verfasst er unter falschem Namen Leserbriefe: Es wird höchste Zeit, dass die Tierparks Liger anschaffen! Oder: Liger sind auch Geschöpfe Gottes! Helga und die anderen Staatssekretäre schirmen ihn ab und vertuschen seinen mangelnden Diensteifer so gut sie können. Jonas übernimmt praktisch etliche seiner Aufgaben, ohne dass die Medien etwas davon bemerken. Die gesamte Verwaltung arbeitet auf Hochtouren. Die Bevölkerung bekommt nicht so viel davon mit, außer vielleicht, dass man Jonas häufiger als sonst in den Fernsehnachrichten sieht. Ein Mal geht es fast schief, als Jens in einer Radiodebatte die Apfelfrau vor laufenden Mikrofonen als falschen Fuffziger bezeichnet, aber glücklicherweise ist es nicht live, so kann die Aufnahme angehalten und gelöscht werden. Die Apfelfrau findet mit ihren Anklagen nirgends Gehör, mangels Beweisen, und die Radiomitarbeiter erinnern sich an nichts, so führt das Ganze einzig dazu, dass die Apfelfrau als irrational und meckerig dasteht.

168) Nachmittags kommen Jens und die Bodyguards nach Hause, dann legt sich Jens in der Regel aufs Sofa oder baut mit den Kapla-Klötzen, während Fvonk etwas zu essen macht, meist etwas ganz Einfaches, Pasta, Dorsch, Schinken mit Rührei.

Wie geht es eigentlich zurzeit mit den Schwangeren?, fragt Jens eines Abends.

Nicht so gut, sagt Fvonk. Sie scheuen keine Mittel.

Jens nickt.

Erst wollte ich dir nicht so recht glauben, wenn du von den Schwangeren erzählt hast, ich hab dir einfach nach dem

Mund geredet. Aber in der jüngsten Zeit ist es mir auch aufgefallen. Die schauen irgendwie so streng.

Ja, sagt Fvonk.

Sie mustern mich mit ausgesprochen finsteren Blicken.

Dich jetzt auch?

Ja, zumindest einige, da bin ich ziemlich sicher.

Dann ist es mit uns beiden aus, sagt Fvonk.

169) Fvonk hat sich angewöhnt, vor dem Einschlafen noch auf eine Internetseite für Schwangere, Frauen mit Kinderwunsch, frischgebackene Eltern etc. zu gehen, um zu prüfen, ob die Schwangeren ihn im Netz mobben. Beim ersten Besuch musste er sich als Schwangere registrieren, um Zugang zu allen Blogs zu bekommen. Den erwarteten Geburtstermin setzte er dabei so spät wie nur möglich an. Bislang hat er keine auf ihn gemünzten Äußerungen gefunden, aber er sucht weiter.

Ja, mach das, sagt Jens. Gib dich nicht damit zufrieden, dass du nichts findest. Gut möglich, dass die Schwangeren einen Code verwenden, das würde mich nicht wundern. Und wo du schon dabei bist, schau doch auch gleich, ob sie über mich schreiben.

170) Ab und zu kommt Helga, um Jens zu überreden, dass er wieder nach Hause zieht. Wir machen uns alle wirklich Sorgen, sagt sie. Deine Frau auch.

Ich habe doch mit ihr darüber geredet, sagt Jens. Noch ein paar Wochen, dann bin ich wieder obenauf, glaube ich.

Schön, sagt Helga. Dann schauen wir mal.

171) Mehrmals in der Woche gehen die Blutsbrüder im Wald wandern. Jens nennt das Überstunden abbummeln.

Jahrelang hat er hundertfünfzig Prozent gearbeitet, also hat er ein gewaltiges Zeitguthaben. Schön ist die Herbstlandschaft. Manchmal machen sie Feuer und kochen Kaffee, braten Würstchen und erzählen alberne Geschichten. Die Bodyguards lernen, sich outdoormäßig anzuziehen. Hin und wieder stehen sie stundenlang am Rande eines Tannenhains und hören das Gelächter von Jens und Fvonk nur so schallen. Die Rehe fliehen Hals über Kopf. Der erste Frost kommt und legt eine dünne Eisschicht auf Weiher und Seen. Die Blutsbrüder wandern am Ufer des Nedre Blankjsø entlang und testen das Eis mit Stöcken. Und sie werfen Steine, die manchmal, wenn sie nicht zu schwer sind, übers Eis sausen, ohne einzubrechen, und einen hohen Ton erzeugen, der sich weithin fortpflanzt. Nicht mehr lange, und wir können Schlittschuh laufen, sagt Fonk. Ja, aber man sollte sich vor dem Eis hüten, sagt Jens. Viele gute Leute sind schon von dünnem Eis überrascht worden. Ich bin nicht so gut, sagt Fvonk. Vielleicht war ich es seinerzeit. Für den Hausgebrauch, sagt Jens, bist du gut genug.

172) An der langwierigen Budgetdebatte im Parlament muss Jens aber wohl oder übel teilnehmen, und so ist Fvonk tagelang allein. Er hat wieder damit begonnen, Stillleben zu malen. Er hat Jens' Aktendeckel und diverses Küchengerät gemalt, aber wenn Jens nicht da ist, verfällt er wieder in seine düsteren Fraktale. Sein Bauch war noch nie so in Aufruhr wie in diesen Tagen. Er isst fast nichts. Es tut einfach zu weh. Er weiß, er müsste zum Arzt gehen, aber auf seiner Prioritätenliste steht die Sporthochschule ganz oben, der Arzt erst darunter.

173) Nach ein paar Tagen unfreiwilligen Hausarrests gelingt es Fvonk, der eisernen Umklammerung der Schwangeren zu entkommen und es fast bis zur Tür der Sporthochschule zu schaffen, nur noch Zentimeter ist er vom Eingang des Gebäudes entfernt, zu dem er die letzten Jahre über definitiv Abstand hatte und das seinem Leben gewiss eine neue Ausrichtung geben wird, sobald er es nur schafft hineinzukommen. Er hat sich innerlich gewappnet, er ist fest entschlossen, nichts soll ihn aufhalten, verflucht noch mal, doch da kommt ihm in der Tür der Präsident des Sportbundes entgegen.

Ach schau mal, na, das ist aber lange her, du hier, undsoweiter, aber der Präsident des Sportbundes bleibt nicht stehen. Er geht beim Reden weiter. Er muss irgendwohin, er hat irgendwas zu erledigen, wie alle Präsidenten. Schön zu sehen, dass du wieder dabei bist, ruft er und steigt rasch in die von einem Sponsor zur Verfügung gestellte Sportbundpräsidentenlimousine, aber der Schaden ist passiert. Fvonk hat es ihm an den Augen angesehen, Unkultur ist immer noch die erste Assoziation, die der Mann mit ihm verbindet.

174) Fvonk läuft davon, ja flieht, ohne auf den Weg zu achten, und als er zu sich kommt, befindet er sich auf dem Campus von Blindern, umgeben von niedlichen kleinen Studentinnen, die noch daran glauben, dass die Welt ein guter Ort ist, an dem sie von Menschen, die ihnen wohlwollen, anständig behandelt werden. Auch die Schwangeren sind hier, sie stehen in kleinen Gruppen herum und äugen verstohlen nach ihm. Fvonk erbricht sich hinter einer der schwarzen Steinsäulen vor der Universitätsbibliothek, dann geht er hinein auf die Toilette, wäscht sich das Gesicht, spült sich den Mund aus, trinkt, friert, verlässt die Toilette

wieder. Er wandert an den Bücherregalen entlang und verspürt plötzlich das Bedürfnis, seine Abschlussarbeit zu sehen, er sucht nach der Bestätigung, dass er einst jemand war, dass er einen Beitrag geleistet hat, seinen Beitrag. Sie steht ordentlich an ihrem Platz. *Das Aufkommen des organisierten Breitensports unter besonderer Berücksichtigung von Joseph Stockinger und der Christiania Turnforening. Die norwegische Entwicklung des Turnsports, weg von Patriotismus und Militarismus hin zur Vision eines gesunden und harmonischen Menschen.* Eine gute Arbeit ist das, und keineswegs veraltet, denkt Fvonk. Ein paar Meter weiter steht Jens' Magisterarbeit, *Makroökonomische Planung unter unsicheren Vorzeichen.* Er nimmt sie aus dem Regal. Sie ist dünn, lächerlich dünn. Er blättert darin, die Einleitung ist in Jens' Handschrift geschrieben, peinlich viel Tippex, Abbildungen, da ist auch Abb. 1, jede Menge Berechnungen, *ebenso wird eine multinormale Verteilung des Ertrags von Realkapital und Finanzkapital vorausgesetzt, beim Ölpreis hingegen eine Normalverteilung*, ach wirklich, denkt Fvonk, multinormal? *Risikoaversionskoeffizienten, optimale Konsumentwicklung unter unsicheren Vorzeichen*, was ist denn das für ein Wortgeklingel, denkt Fvonk, die einen schaffen es nach oben und werden Premierminister, andere fallen der Unkultur zum Opfer und werden von den Schwangeren gemobbt. Die Menschen sind eben verschieden. Trotzdem ahnt er, dass es eine gute Magisterarbeit ist, und tief innen begreift er wohl auch, dass eine Abhandlung über die optimale Anlage der Ölgelder den Weg zu anderen Jobs eher bahnt als eine über die besondere norwegische Entwicklung des Turnsports in der zweiten Hälfte des 19. Jahrhunderts.

175) Als Fvonk fiebrig und vollkommen desorientiert nach Hause kommt, hat Jens das Wohnzimmer in den Süden verwandelt. Er hat zwei Palmen gekauft und einen Sonnenschirm, auf dem Boden liegt eine Decke mit Blumenmuster. Ein Tablett mit allem, was man für Drinks braucht, steht bereit, eine CD mit fünfzehn Jahre alten Pop-Hits läuft in voller Lautstärke. Der Kamin ist bis oben voll Holz, es ist mindestens fünfundzwanzig Grad warm.

Yo, babana boy!, ruft Jens freudestrahlend und drückt Fvonk ein mit einer grellbunten Flüssigkeit gefülltes Glas mit Papierschirmchen in die Hand. Wenn wir nicht in den Süden fahren können, muss der Süden halt zu uns kommen! Ich hab Proviant besorgt, wir müssen eine Woche lang nicht aus dem Haus! Prost!

Fvonk ist zu jeglicher Gegenwehr außerstande, er lässt sich mitreißen. Warum auch nicht, verflucht noch mal? Es fühlt sich an wie das Natürlichste auf der Welt. Außerdem betäubt der Alkohol die Schmerzen in seinem Bauch. Er will ihn, er braucht ihn.

Wir sind im Süden!, bricht es hin und wieder aus Jens heraus, ich kann es kaum glauben!

Nein, sagt Fvonk.

Wenn wir besoffen sind, dürfen wir nicht vergessen, möglichst vulgär über Steuern und Abgaben zu schimpfen, sagt Jens. Ich habe ja dazu nie die Chance. In der Partei ist das völlig tabu, weißt du. Ich habe nie auch nur ein Sterbenswörtchen gegen eine Steuer gehört und schon gar nicht selbst so etwas gesagt, aber hier im Süden verspüre ich große Sehnsucht danach, das zu tun. Verbrauchssteuern, Realsteuern, Einfuhrabgaben, Ausfuhrabgaben, was es nicht alles gibt, Fvonk, die Tentakel des Staates reichen tief in unsere Taschen hinein. Die Apfelfrau meckert die ganze Zeit darüber. Es ist aber auch wirklich ein bisschen heftig.

Irgendwann schläft Fvonk auf dem Boden liegend ein, wacht aber noch einmal auf und nimmt verschwommen wahr, wie Jens mit nacktem Oberkörper auf dem Wohnzimmertisch steht und ruft: Mädels, wir kommen!

176) Als Fvonk am nächsten Morgen aufwacht, ist es draußen hell, und eine Frau sitzt in dem Sessel am Fenster. Sie ist voll bekleidet und starrt reglos auf Fvonk und auf Jens, der noch schläft, den Kopf auf dem Tisch, den Oberkörper mit irgendeiner Flüssigkeit verklebt. Es dauert eine geraume Weile, bis Fvonk klar wird, wer die Frau ist.

Sie sind also Fvonk?

Ja.

Ich habe viel von Ihnen gehört. Mein Mann hat erzählt, Sie hätten eine gute Wirkung auf seine, ja, nennen wir es ruhig beim Namen, auf seine Depression gehabt.

Ja, wir sind Freunde, sagt Fvonk heiser. Das werde ich nicht bestreiten.

Ich bin hergekommen, um ein paar Dinge klarzustellen. Zum Beispiel möchte ich darum bitten, dass ihr nicht im selben Zimmer schlaft, und außerdem darum, ja, ich hätte nie gedacht, dass ich so einen Satz jemals sagen würde, aber nun, dass ihr einander nicht euren Stuhlgang vorführt.

Fvonk reibt sich die Schläfen.

Aber jetzt sehe ich mit eigenen Augen, dass ihr über dieses Stadium weit hinaus seid und ich genötigt bin einzugreifen. Offen gestanden, ich weiß nicht recht, was ich sagen soll.

Fvonk stellt fest, dass er das auch nicht weiß.

Ich hatte ja von Anfang an gewisse Bedenken, das gebe

ich gern zu, dass Sie, der Sie ja in Unkultur verwickelt waren, wie ich erfahren habe, meinem Mann Grillen in den Kopf setzen könnten. Das Schreckliche, das letztes Jahr geschehen ist, hat ihm sehr schwer zugesetzt, obwohl er natürlich den äußeren Schein wahren musste. Aber obwohl er es wirklich nicht leicht hatte, konnte er die ganze Zeit relativ handlungsfähig und funktionsfähig bleiben. So wie immer. Bis er dieses möblierte Zimmer hier bei Ihnen bezog.

Sie steht auf.

Egal, damit ist jetzt Schluss. Die Lebensaufgabe meines Mannes besteht darin, dieses weite Land zu regieren, und offensichtlich braucht er meine Hilfe, um sich aus Ihrem Morast zu befreien.

Sie geht zu Jens und zieht ihn hoch.

So, sagt sie. Hoch mit dir. Du kommst jetzt mit nach Hause.

Jens kommt irgendwie auf die Beine und geht mit ihr hinaus. Fvonk sinkt zurück auf die Blümchendecke und schläft weiter.

177) Nichts.

178) Nichts.

179) Dann irgendwann etwas. Fvonk rappelt sich hoch und räumt das Wohnzimmer auf.

180) Eine gewisse Lust hinauszugehen. Das Bedürfnis, den Körper zu spüren, sich zu bewegen, das Gehirn zu koordinieren und aktive Entscheidungen zu treffen, Sehnsucht nach den Gerüchen des Waldes, der Spätherbst ist die schönste Zeit im Wald, November, oder vielleicht ist auch schon Dezember. Hinter der Gardine verborgen, schaut

Fvonk aus dem Fenster. Die Schwangeren stehen wieder Wache. Mannomann. Sie sind immer einen Schritt voraus. Schlau wie Füchse, so kennt man sie.

181) Düstere Aquarellfraktale. Wein. Und ansonsten wieder nichts. Eine für Fvonk verhängnisvolle Kombination.

182) Ein Umzugsunternehmen räumt die möblierten Zimmer aus, Helga kommt mit den Schlüsseln und der Endabrechnung. Keine Nähe diesmal, aber sie sagt, dass Fvonk schlimm aussieht und dringend mal zum Arzt gehen sollte. Außerdem grüßt sie von Jens und berichtet, der Parteivorstand habe ihm jeden weiteren Kontakt zu Fvonk untersagt. Zum Trost überreicht sie Fvonk eine Blume und einen Geschenkgutschein des *Glasmagasinet* (Seit 1739, steht unter dem Logo, mein lieber Alter, denkt Fvonk, über 270 Jahre mit nichts als Glas-Nippes, Herrgottchen im Himmel).

183) Fvonk sieht Jens in den Fernsehnachrichten. Er wirkt wieder ziemlich bei sich. Die Regierung ist bestrebt, die Rückführung von Personen ohne gesetzlichen Aufenthaltstitel zu beschleunigen, sagt er und nickt dabei nur etwas stärker unkoordiniert als früher. Sie haben ihn voll im Griff, denkt Fvonk. Diese Frauen wissen, was sie wollen, das muss man ihnen lassen, was für eine effektive Bande.

184) Fvonk kann kein Essen mehr bei sich behalten, sein Magen zieht sich einfach zusammen. Nicht mehr zu ertragen. Am Schluss gibt er auf. Er schwenkt die weiße Fahne. Verhandelt mit den Schwangeren. Sie sehen ein, dass es sich um eine Notsituation handelt, und lassen ihn durch zum Arzt.

185) Fvonk beim Amtsarzt, er ist matt, ist Ihnen Blut im Stuhl aufgefallen, kurzer Check im Rektum, er wird mit einem Test nach Hause geschickt, für den er drei Tage lang mit einem dafür geeigneten Papp-Spatel Kotproben auf Papierfelder streichen soll.

186) Fvonk verkriecht sich mehr und mehr in sich selbst, ihm wird übel vom Anblick der Schwangeren, die unaufhörlich auf der Straße vorbeigehen, sie strahlen, wie üblich, sie sehen alles und verstehen alles, sie durchschauen ihn. Er reißt das Fenster auf und schreit eine von ihnen an.

Ja, die Wand ist von schlechter Qualität, ruft er, darum kommt das Spalier immer runter, kauf ein anderes Haus!

Die Schwangere versteht nichts, die Ärmste, aber sie hat viel zu tun und nimmt es nicht so schwer, außerdem freut sie sich drauf, den anderen von dem Vorfall zu erzählen.

187) Anruf vom Amtsarzt, weitere Untersuchungen, Dickdarmkrebs, der Arzt stellt ihm alle möglichen Fragen. Schwindelanfälle, Realitätsverlust?

188) Immer mehr Untersuchungen. Metastasen im Gehirn. Spätstadium. Inoperabel.

189) Klaviermusik, Wasserfarben, Schlaf. Fvonk bemerkt, dass etliche seiner Fraktalbilder aus den letzten Monaten den Bildern auf dem Bildschirm der Krebsstation zum Verwechseln ähnlich sehen, anhand derer ihm der Arzt so schonungsvoll, wie er vermochte, erklärt hat, dass nichts mehr zu machen ist. Wir können nur noch zusehen, dass wir die Schmerzen lindern, soweit es geht. Etwas in Fvonk hat das irgendwie seit Längerem gewusst.

190) Helga ruft an und fragt, wie es ihm geht. Fvonk sagt, was ist, und am selben Nachmittag kommt Jens vorbei. Er könne leider nicht lange bleiben, sagt Jens. Helga sitzt draußen im Wagen und wartet.

Jens streicht Fvonk über die verschwitzte Stirn.

Und, fragt Fvonk, hast du die Neujahrsansprache im Blick?

Ach Mann, Fvonki, sagt Jens, warum hast du nicht gesagt, dass du krank bist?

Ich habe es nicht gewusst. Ich dachte, das wäre die Unkultur. Ich dachte, so ist das eben.

Das tut mir wahnsinnig leid.

Ja.

Kann ich irgendwas tun?

Du kannst weiter mein Freund sein.

Ich bin dein Freund.

Dann regiere das Land, so gut du kannst.

Ja. Das werde ich tun.

191) Mitten in der Nacht wird die Tür aufgesprengt, und Fvonk wird in die Innenstadt verschleppt, in die norwegische Niederlassung von InterPreg, dem internationalen Netzwerk der Schwangeren. Strampelnd und schreiend wird er durch Flure und hübsch renovierte Zimmer getragen, in denen die Schwangeren offensichtlich in vielen Sprachen Telefonate und Korrespondenz führen. InterPreg, how may I help you?, hört er eine schwangere Stimme, während er vorbeigeführt wird. Sie werfen Fvonk in eine Zelle mit glatten Wänden ohne jede Inneneinrichtung, von Zeit zu Zeit holen sie ihn heraus und verhören ihn mit den ausgeklügelten Methoden der Schwangeren. Warum hast du das getan? Denkst du, man muss es nicht melden, wenn man Zeuge

von Gemauschel wird? In was für eine Welt sollen wir deiner Meinung nach unsere Kinder gebären? Wer bist du, Fvonk, was für ein Mensch bist du? Am Ende haben die Schwangeren von seinem Gestotter und seinem deutlich reduzierten körperlichen Zustand genug. Sie lassen ihn gehen. Im Morgengrauen schleicht er durch die Straßen der Innenstadt. Wieder einer, den sie bei InterPreg in die Mangel genommen haben, der Ärmste, denken die Taxifahrer.

192) In einem klaren Moment versucht Fvonk, das Haus aufzuräumen, Papiere zu sortieren, Überflüssiges wegzuwerfen. Er würde gern nichts Unerledigtes hinterlassen, muss aber aufgeben, es ist zu anstrengend, er ist zu schnell müde, hat keine Kraft mehr. Bis jetzt hatte er gedacht, es gebe die Unkultur nur in äußeren Zusammenhängen, als eine Art Störsender zwischen ihm und den anderen, eine Kraft, die ihn daran gehindert hat, den nächsten Schritt im Leben zu tun. Bis vor Kurzem hatte er noch die Hoffnung, eine naive Hoffnung, wie ihm jetzt klar wird, die Zeit würde auch die Wunden der Unkultur heilen, aber er erkennt, dass das nicht geschehen wird, es hat um sich gegriffen, wie Hausschwamm: Es ging so langsam, dass er gar nicht bemerkt hat, wie sein gesamtes System unterwandert wurde. Erst herrschte die Unkultur nur in den Verwaltungsstrukturen des Geher- und Fitnessverbandes, dann auch zwischen ihm und Agnes, und jetzt ist es ihr offenbar gelungen, sich noch dazu auf molekularer Ebene breitzumachen, sie hat sich in ihm festgesetzt, sie füllt ihn aus, alles, was Fvonk ist, ist Unkultur, beide lassen sich nicht mehr unterscheiden, er und sie. Während er versuchte, ihren sichtbaren Teil abzustreifen, ist der unsichtbare in seinem Darm herangewachsen. Raffiniert. Sie ist ein virtuoser Zauberkünstler, die Un-

kultur, mit der einen Hand lenkt sie dich ab, während sie mit der anderen ungesehen ihre Zaubertricks vollführt.

193) Anruf von Therese. Sie ist so froh. Sie hat mit einem Hund geredet und fast alles verstanden, was er ihr mitteilen wollte.

Das war ein ganz besonderes Gefühl, Papa, der Hund konnte keine Geheimnisse mehr vor mir haben, ich habe direkt in ihn hineingesehen, und er hat das zugelassen.

Schön, Therese, sagt Fvonk, das freut mich für dich.

Und ich bin zur Tierkommunikatorenausbildung in England zugelassen worden.

Gut zu hören.

Und du?, fragt sie. Alles gut?

Danke der Nachfrage, sagt Fvonk, nein, nur so mittelprächtig. Ich habe Krebs.

Ist es ernst?

Ja.

Was glaubst du, sollte ich England ein bisschen verschieben?

Ja, ich glaube schon.

194) Therese sagt Agnes Bescheid, die mit Blumen zu Besuch kommt. Sie sitzt ein bisschen bei ihm, erzählt von sich, sie hat jemanden kennengelernt, einen Ägyptologen, typisch Agnes, denkt Fvonk, aber es ist noch ganz frisch, sagt sie, sie will nicht zu viel von ihm erzählen. Lass uns lieber über dich reden, sagt sie, du hast einfach zu viel drinnen gesessen und Trübsal geblasen, weißt du, daran muss es liegen. Dann kommt es, wie es kommen muss.

Er weiß noch, in Agnes' Augen ist Krebs die Antwort des Körpers auf das, was man falsch gemacht hat, man war nicht positiv genug, zum Beispiel, hat ungeklärte Verhältnisse zugelassen, war unehrlich, all so was führt zu Krebs. Fvonk liegt da und wartet darauf, dass sie geht, und endlich geht sie.

195) Fvonk wird medizinisch gut betreut, jemand kommt zu ihm nach Hause und lindert die Schmerzen, so gut es geht, schwatzt ein wenig, liest ihm Nachrichten aus der Abendzeitung vor: Patient wollte Pfleger erschießen. Solidarität mit den Schwangeren! Ein herzliches Willkommen den Integrationsschülern!

196) Therese kommt mehrmals pro Woche, sie weint, weil Fvonk so schnell weniger wird. Anfangs tröstet er sie noch und sagt, wenn er nicht mehr ist, kann sie Tierkommunikation studieren, solange sie will, ohne aufs Geld schauen zu müssen. Irgendwann erkennt er sie nicht wieder. Einige Male hält er sie für die Oberbefehlshaberin der Schwangeren und gesteht alles: Ja, ich war es, ich habe nicht nur passiv mitgewirkt, die Initiative ging von mir aus. Ich konnte nicht mehr mit ansehen, wie der Geher- und Fitnessverband sich um Neumitglieder mühen musste. Der Sprachenverein hat doch dasselbe getan. Und die Jugendorganisation der Sozialdemokraten auch. Ich dachte, es wäre nicht so schlimm. Könnt ihr mir nicht vergeben? Therese tätschelt ihm die schweißnasse Stirn, alles ist gut, sagt sie, wir haben damit abgeschlossen, denk nicht mehr daran. Er knetet ihre Hand.

197) Zwischen Weihnachten und Neujahr schafft Fvonk es ins Freie. Die Schwester hat ihm Morphium dagelassen, und es gelingt ihm mit Mühe, Wanderschuhe und Steppjacke anzuziehen. Eine Weile hatte Frost geherrscht, aber seit

Weihnachten ist es milder. Die Fvonk so vertrauten Pfade sind schlammig. Langsam, Schritt für Schritt geht er bergauf, am Reichsarchiv vorbei, an Svenskemuren entlang, hinterm Svartkulp durch. Ab und zu muss er stehen bleiben und sich auf einen feuchten Holzstapel stützen. Während er am Nedre Blanksjø vorbeikommt, beginnen schwere, feuchte Schneeflocken zu fallen. Mit großer Mühe schleppt er sich weiter, er will so weit in den Wald gelangen, wie es nur geht. Als er den Øvre Blanksjø erreicht hat, ist es Nacht und die Kräfte sind zu Ende. Er geht aufs Eis hinaus. Eine Zeit lang hält es. Ein Wanderer sieht am nächsten Vormittag die Spuren.

198) Liebe Landsleute. Viele von Ihnen wissen, wie diese Neujahrsansprachen sonst so ablaufen. Ich nenne verschiedene Gesellschaftsgruppen und herausragende Leistungen und erinnere an Dinge, die im Laufe des Jahres geschehen sind. Natürlich weiche ich den schwierigen Themen nicht aus, ende aber immer mit einer optimistischen Bemerkung, denn es geht ja stetig bergauf, und den meisten von uns geht es immer besser. Nun, in diesem Jahr muss ich etwas persönlicher werden als sonst. Dieses Jahr war für mich nicht einfach. Um ehrlich zu sein, muss ich zugeben, dass ich ziemlich weit unten war und eigentlich nicht mehr wusste, was ich tat. Ich war ausgelaugt und negativ und verloren. Ich habe Gedichte gelesen und mich dem Fluchen hingegeben, und aus meinem Körper sind Dinge gekommen, tja, wie soll ich sagen, Sie würden es nicht glauben. Bei dieser Gelegenheit möchte ich meinen nächsten Mitarbeitern einen herzlichen Dank aussprechen, sie haben die Räder am Laufen gehalten und dafür gesorgt, dass Sie, die norwegische Bevölkerung, keinen Unterschied zu sonst bemerkt haben. Norwegen war immer und soll immer ein Land sein, in dem es Platz für verschiedene Wahrnehmungen der Wirklichkeit gibt, aber, und das will ich betonen, es muss Grenzen geben. Trotz allem. Man kann nicht seine eigene Wirklichkeit defi-

nieren und sich weigern, die Tatsachen zur Kenntnis zu nehmen. Manches ist eben objektiv richtig und manches eben objektiv falsch. Man kann sich nicht so oder so fühlen, wenn jegliche Vernunft einem erzählt, dass es von der nachprüfbaren Wirklichkeit abweicht. Hallo! Die Dinge mögen relativ sein, aber nicht so relativ, wie es manchen lieb wäre. Mehrmals im Verlauf dieses Jahres habe ich gedacht, wenn das so ist, dann mag ich verdammt noch mal nicht mehr mitspielen. Und ich weiß, manche von Ihnen finden, ich nicke unkontrolliert, wenn ich eine Aussage betonen will, aber das macht mir nichts aus. So bin ich eben. Wenn Ihnen das nicht gefällt, müssen Sie jemanden wählen, der kontrollierter nickt, aber solange Sie mich haben wollen, müssen Sie mich nehmen, wie ich bin. Sie haben es nicht bemerkt, aber in diesem Jahr habe ich zeitweise in einem möblierten Zimmer gewohnt. Nicht, weil es Probleme mit meiner Familie gegeben hätte, sondern weil ich ein wenig für mich allein sein und verschnaufen musste. Ich glaube, so geht es den meisten von uns zwischendurch mal. Die Ironie des Schicksals wollte es allerdings, dass ich in diesem Alleinsein, das ich suchte, einem Menschen begegnete. Einem, der mein Freund fürs Leben wurde. Wir haben sogar Blutsbrüderschaft geschlossen. Das tue ich gewöhnlich nicht. Hier sehen Sie die Narbe. Und dieser Mensch, dieser Mann, hatte es in gewisser Weise sehr viel schwerer als ich. Anfangs hatte ich dafür kein Gespür. Ich sah nur meine eigenen Bedürfnisse, aber irgendwann, leider erst zu spät, sah ich auch seine. Ihm ist es zu verdanken, dass ich heute Abend diese Ansprache halte und nicht ein Stellvertreter. Er hat mich zum Lachen gebracht und dazu, mit Bauklötzen zu spielen, wir sind zusammen wandern gegangen und haben gebadet, und ich habe ihm Dinge gezeigt, die ich sonst niemandem gezeigt hätte. Wir sind sogar miteinander in den Süden gereist. Na ja, nicht wirklich in den Süden, eher in eine Art Spiel-Süden, den wir in seinem Wohnzimmer aufgebaut haben, mit Requisiten, zu denen eigentlich jeder Zugang hat. So kann man es auch machen. Kurz gesagt, dieser Mann hat mich zurück in den Alltag gebracht und damit ins Leben. Ich hoffe, dass Sie alle so einen Freund haben. Wenn Sie einen haben, dann spielt es fast keine Rolle, was ich und andere vorschlagen oder tun, denn dann kommen Sie sowieso klar. Haben Sie aber keinen, so ist es ungeheuer folgenreich, was ich und andere, die Ihnen nah sind, unternehmen. Und es schmerzt mich zu wissen, dass ich euch nicht alle kennenlernen kann, denn der, den niemand kennt, geht am leichtesten unter.

Was das Einkaufen jenseits der Grenze angeht, so wissen wir alle, dass es Spaß machen und ein schöner Zeitvertreib sein kann, aber wenn wir da stehen mit Bacon-Päckchen und Kartons voll Tabak in der Hand, so sollten wir daran denken, dass die norwegischen Händler das Geld mindestens so dringend brauchen wie die schwedischen. Und es ist mir ein Bedürfnis, den Schwangeren zuzurufen: Besinnen Sie sich. Reinheit ist nicht alles. Es gibt auch schmutzige Dinge von Wert. Diejenigen, die Sie in sich tragen, können schnell zu Drecksbälgern werden, wenn Sie nicht umdenken. Und an Sie alle: Hüten Sie sich vor zu dünnem Eis. Abschließend meine ich, der Tierpark von Kristiansand sollte einen Liger anschaffen. Ehrlich gesagt bin ich enttäuscht, dass er das nicht längst getan hat. Frohes Neues Jahr, liebe Leute. Wer Sie auch immer sind.

Weitere Titel bei Kiepenheuer & Witsch

Doppler. Roman. KiWi 1007

Ich bring mich um die Ecke. Roman. KiWi 1054

Naiv. Super. Roman. KiWi 1088

Schöne Grüße aus Mixing Part Churches. Roman. KiWi 1221

»Die Mischung aus Tragik und Komik hat Erlend Loe in kurzer Zeit zu einem der wichtigsten Romanautoren in Norwegen gemacht.« *Deutschlandradio Kultur*

Auch als eBook

www.kiwi-verlag.de KiWi PAPERBACK